LE MASQUE DE FER,

OU LES

AVENTURES

ADMIRABLES

DU PERE ET DU FILS,

TROISIEME PARTIE.

A LA HAYE,

Chez PIERRE DE HONDT.

M. DCC. LIX.

LE MASQUE DE FER,

OU LES

AVENTURES

ADMIRABLES

DU PERE ET DU FILS;

ROMANCE

TIRÉE DE L'ESPAGNOL.

CHAPITRE XIX.

TANDIS que l'innocent Cristanval se trouvoit accablé sous le poids de l'injustice & de ses propres malheurs, son illustre Pere, qui n'étoit pas encore instruit de ces affreuses nouvelles, se préparoit à paroître aux yeux du Roi

III. Part.   A

cruel vers lequel il étoit envoyé ; son audience lui avoit été promise le lendemain
de son arrivée : plus de quinze jours s'é-
toient écoulés depuis ce tems, sans qu'il
fût mandé. Ce délai lui paroissoit extraordinaire, après l'empressement que le Prince avoit marqué pour son arrivée ; il jugea bien que quelque raison importante
en étoit la source ; mais helas ! il ne prévoyoit pas le dessein affreux dont il étoit
à la veille d'être instruit.

Un jour qu'il faisoit quelques réflexions à ce sujet, & qu'il s'étonnoit de n'a-
voir aucunes nouvelles du Roi d'Angleterre, malgré les assurances positives que
ce Monarque lui avoit donné en partant
de lui envoyer un Courier, un de ses
Gentilshommes lui aporta un billet qu'un
étranger avoit laissé à sa porte, sans vouloir se déclarer : (les Ministres étrangers
ont l'usage de recevoir toutes sortes d'a-
vis.) Dom Pédre entra dans son Cabinet, dans l'idée que la lettre lui étoit
écrite par quelque Espagnol mécontent de
son sort, qui recouroit peut-être à lui
pour le faire passer en Angleterre, comme semblable chose arrivoit quelque-
fois ; mais quelle fut sa surprise, en dé-
cachetant le billet, d'y trouver ces mots.

LETTRE D'UN ANONYME.

FUyez, Mylord, il eſt encore tems ; le Roi ne ſçait pas que vous êtes Dom Pédre, mais il peut l'aprendre d'un moment à l'autre ; un de vos anciens Amis, qui vous a connu, riſque tout pour vous donner cet avis. Souvenez-vous bien de brûler ce papier dès que vous l'aurez lu. Aprenez encore que Guſman d'Alnikaras eſt vivant, qu'il a fait ſa paix avec ſon Souverain, à condition de lui aporter votre tête : en un mot, ſi la conſidération de votre ſalut ne vous touche pas aſſez, aprenez qu'on conſpire contre ce que vous avez de plus cher dans le monde, & que vous n'avez pas un moment à perdre pour le ſauver.

Dom Pédre frémit de cet avis ; cependant après l'avoir médité, ſon mauvais génie le lui fit interpréter tout différemment. Il ſe perſuada qu'il n'étoit pas poſſible qu'il eût été reconnu à la Cour, par l'attention qu'il avoit euë depuis qu'il y étoit, de ne recevoir aucune viſite, & de ne point paroître en public ; ſa deſtinée cruelle lui fit ſupoſer qu'Emilie, inſtruite du lieu de ſon Ambaſſade, tremblante des risques qu'il couroit à une Cour où sa vie étoit en danger, lui avoit dépêché un exprés avec cet avis pour le rapeler auprès d'elle : plus il médita sur cette idée, & plus il la crut vraisemblable : la citation de Gusman d'Alnikaras, après ce qu'il avoit apris de Keelmie à son sujet, lui parut si contraire à la vérité, qu'il se confirma de plus en plus dans l'opinion qu'il avoit adoptée ; il ne pouvoit se persuader que ce traître fût échapé du naufrage. Il devoit y avoir péri, il n'étoit pas possible qu'il en eût rien à redouter. Voilà quelles furent ses idées, & ce qui le porta à ne rien changer à ses premieres résolutions.

Deux jours après avoir reçu la Lettre anonyme dont on vient de parler, on lui en porta une seconde : un Capucin masqué la lui rendit en main propre. Dom Pédre fit tout ce qu'il put pour l'engager à se découvrir & à parler, mais le Moine, après la lui avoir remise, le suplia de ne point le contraindre à se démasquer, & de le laisser aller sans le faire suivre, en lui disant qu'après le risque qu'il couroit pour le servir, c'étoit le moins qu'il pouvoit que de ne le pas désobliger.

L'Ambaſſadeur étoit trop poli pour inſiſter davantage ; mais un coup d'œil qu'il donna à un de ſes gens ayant été compris , le Capucin fut ſuivi , & cela avec tant d'adreſſe , qu'on ſçut qui il étoit , ſans qu'il eût aucun lieu de le ſoupçonner.

Cette connoiſſance fit faire bien des réflexions à Dom Pédre ſur le danger qu'il couroit ; mais quelque grand qu'il fut , il ne l'intimida pas ; il croyoit avoir en main de quoi lui faire obtenir ſa grace & celle de la Princeſſe ſa femme ; il avoit apris depuis qu'il étoit en Eſpagne , de gens inſtruits des choſes les plus ſecretes , que le Prince travailloit ſans ceſſe à découvrir ce qu'étoit devenue Keelmie ; il jugeoit par le ſoin conſtant à s'occuper ſans ceſſe de cette aimable perſonne , qu'il continuoit à l'aimer éperdument , & que la connoiſſance qu'il pouvoit lui en donner , ſuffiſoit pour lui faire obtenir tout ce qui lui conviendroit aux intérêts qui l'amenoient dans ces climats.

Il attendoit à remercier le généreux Menquès , qu'il ſoupçonnoit être l'auteur de l'avis , & le Capucin même qui la lui avoit rendue , juſqu'à ce qu'il eût l'audience qui devoit décider de ſon ſort : il ſe flatoit de l'iſſue la plus heureuſe , il se faisoit un plaisir de le surprendre agréablement, en usant de son côté avec autant de franchise avec le Ministre, qu'il en avoit usé généreusement à son égard.

Mais il étoit décidé que Dom Pédre courreroit les risques de l'aventure ; le lendemain de la visite anonyme de Menqués, un Gentilhomme se fit annoncer à Dom Pédre, de la part du Roi, & lui déclara qu'il auroit le même jour sa premiere audience. Le lieu fut assigné dans une des Maisons de plaisance de Sa Majesté ; l'heure étoit marquée à l'entrée de la nuit ; l'Ambassadeur ne put s'empêcher d'être surpris de l'assignation, de l'heure & du lieu. Cet usage n'étoit pas ordinaire : il conçut, mais trop tard, que les avis qui lui avoient été donnés tiroient leur origine de raisons bien fondées : il s'attendit à tout ce qui pouvoit lui arriver, sa prudence prévit tous les malheurs qui le menaçoient ; il brûla tous les papiers qui pouvoient déceler ses secrets, il avala la moitié de la médaille dont on a fait mention, qui concernoit Keelmie, afin que si l'on portoit les choses au point de le fouiller, ou qu'on usât de violence, il fût le maître de son secret & des événemens.

Les carosses du Roi vinrent le prendre

à l'heure marquée avec beaucoup de fecret ; dans le moment qu'il montoit dans
celui qui lui étoit deftiné , un Nain lui
gliffa dans la main un Billet, qui s'expri-
moit ainfi.

B I L L E T.

*Puifque votre mauvais deftin ne vous a
pas permis de fuivre de fages confeils ,
profitez du moins de celui-ci : l'on ignore
qui vous êtes , gardez-vous bien de vous
déceler. Si l'on ne vous reconnoit pas ,
vous êtes fauvé : mais quelque chofe que
vous voyiez , fachez vous contraindre &
diffimuler. Attendez-vous aux afpects les
plus affreux ; vous êtes prévenu , cela doit
vous fuffire pour vous arracher aux dan-
gers que vous courez , dont on tremble avec
raifon & avec connoiffance de caufe.*

Ce troifieme avis fit impreffion fur
Dom Pédre & l'émut. Quelque valeur
dont on foit partagé , quelque courage
dont on foit doué , la nature pâtit toujours à la veille du danger ; les afpects
de la mort font plus terribles que la mort
même : l'Ambaffadeur en avoit pâli ; cependant après un moment de réflexions ,
il fe remit. Sçavoir mourir , s'écria-t'il en
lui-même , c'eft fçavoir vivre , & c'eft le

propre d'un Héros : mourons si le Ciel l'a prescrit, que ce soit sans foiblesse ; mais en mourant, du moins que je puisse me venger.

Ces trois réflexions accompagnérent Dom Pédre jusqu'au Palais du Roi. Il fut surpris en y entrant de le trouver défert ; c'étoit moins l'azile d'un Roi que celui d'un particulier économe ; à peine les apartemens étoient-ils éclairés : le Gentilhomme qui l'avoit accompagné se retira. Après qu'une porte secrete à laquelle il frapa fut ouverte, un vieillard se présenta, & ce vieillard étoit le respectable Menquès. Dom Pédre voulut lui parler ; le premier Ministre mit le doigt sur sa bouche, & le fit passer devant lui. L'Ambassadeur entra dans un cabinet : il étoit plus éclairé que les autres apartemens, le Roi étoit assis dans un fauteuil, il avoit une table devant lui, sur laquelle il avoit ses deux coudes apuyés. Un homme étoit debout derriére la chaise, Dom Pédre ne le reconnut pas : lorsque l'Ambassadeur eut démêlé le Roi, il s'avança, s'inclina selon le cérémonial trois fois, & lorsqu'il fut à quarante pas du Souverain, il prononça le discours qu'il avoit préparé depuis longtems, & qui ne rouloit que sur des com-

plimens de la part du Roi d'Angleterre, & fur des proteſtations de confidération & d'amitié convenables & ordi-
naires en pareil cas.

Le Roi d'Eſpagne, après la fin de cette
Harangue, ôta ſon chapeau & le remit
enſuite : il parla à l'Ambaſſadeur en ces
termes.

» J'avois écrit au Roi votre Maître ,
» pour qu'il livrât à ma juſtice un traî-
» tre dont les crimes méritoient le der-
» nier ſuplice ; je m'étois flaté qu'après
» la franchiſe avec laquelle j'en uſois ,
» que ce traître me feroit rendu , &
» qu'on n'uſeroit pas de détours pour
» éluder ma demande ; mais j'ai jugé
» du contraire par la conduite du Roi
» d'Angleterre : ſans entrer dans aucun
» détail ſur un article auſſi intéreſſant
» pour moi , il demande une Treve , il
» me propoſe un Ambaſſadeur ; n'é-
» toit-ce pas par-là me faire entendre
» qu'il avoit deſſein de proteger le per-
» fide Dom Pédre , & qu'il n'étoit pas
» dans celui de me le ſacrifier. «

» Prévenu d'une opinion ſi bien fondée,
» j'ai pris mon parti, Milord, j'ai diſſimu-
» lé, j'ai accordé la Treve & l'Ambaſſade:
» mais pendant que vous arrivez , j'ai en-
» voyé un Emiſſaire fidele en Angleterre ,

» & il a trouvé les moyens de me ven-
» ger. «

   » Je vous ai refusé jusqu'ici votre au-
» dience , parce que j'attendois le retour
» de ceux que j'avois envoyés en Angle-
» terre ; ils viennent d'arriver dans le
» moment avec des preuves autentiques ,
» disent-ils, de leur zele & de ma ven-
» geance. Je vous ai mandé pour que
» vous en soyez le témoin. « (Le Roi
s'interrompit dans cet endroit, & fit un
signe à celui qui étoit derriére sa chaise.)
» Aportez - moi ces témoignages parlans,
» dit-il. « On aporta sur la table un
sac de cuir fermé par un cadenat , &
le Roi d'Espagne l'ouvrit en continuant
ainsi.

   » Si le Roi votre Maître eut satisfait ,
» Milord, à de justes désirs , il ne m'au-
» roit pas mis dans le cas de lui faire
» le plus cruel des affronts , & ne m'au-
» roit pas dérobé la douceur de faire
» souffrir les suplices les plus cruels à
» des traîtres qui m'ont déshonoré , &
» dont la perte de mille vies n'auroit
» pas suffi encore pour réparer les ou-
» trages sanglans que j'en ai reçus. «
En achevant ces mots , le Roi cruel
mit la main dans le sac , & en tira par
les cheveux une tête ensanglantée qu'il

éleva en l'air. ,, Vois, Milord, ,, (s'écria-
t'il avec fureur, en détournant cependant les yeux de ce spectacle affreux,)
,, vois ce que peut la puissance d'un
,, Monarque outragé ; reconnois la tête
,, de Dom Pédre , & juge si je sçais me
,, venger. ,,

Dom Pédre, en entrant chez le Roi
s'étoit préparé à tous les événemens qui
pouvoient lui arriver ; mais il ne s'étoit
pas attendu à de pareilles horreurs , &
encore moins à une scene où il jouoit un
si grand rôle. Il recula deux pas d'effroi, détourna les yeux & jetta un soupir affreux. ,, Tu me parois intimidé ,,
continua le Roi en remettant la tête dans
le sac sans la regarder : ,, je n'aurois pas
,, cru qu'un Guerrier aussi brave que toi
,, pût s'effrayer : tu changes de couleur ,
,, mais en vain tu frémis , Milord, je
,, ne suis point encore satisfait ; ton
,, Maître m'a offensé par mille endroits
,, à la fois. Outre le refus qu'il a fait de
,, me livrer le Traître dont je viens de
,, te montrer la tête criminelle , il a
,, donné azile à des perfides dont il
,, n'ignoroit pas les crimes ; il s'est ser-
,, vi de mes propres sujets pour me fai-
,, re la guerre : hélas ! peut-être a-t'il
,, fait encore plus ,, ajouta-t'il en sou-

pirant ; » je ne te diffimule point que
» je le foupçonne de m'avoir enlevé un
» bien qui feul pouvoit me confoler de
» mes affreufes douleurs ; il faut que je
» fois vengé de tant d'affronts répétés ;
» tu es fon Ambaffadeur, tu repréfentes
» fa perfonne, il faut choifir ou de per-
» dre la vie dans le moment, ou de te
» prêter à tout ce que j'exige de toi. «

A Peine le Roi eut-il prononcé ces
paroles, que quatre Mores fortirent d'un
cabinet voifin, & parurent aux côtés de
Dom Pédre, le fabre à la main. L'Ambaffadeur, dont le parti étoit pris intérieurement, les regarda fans frayeur, ne mon-
tra fur fon vifage aucun trouble qui pût
faire concevoir que l'afpect terrible qui
s'offroit à fes yeux l'intimidât ; le Roi
d'Efpagne le regarda fixement pendant
quelques minutes, enfuite il pourfuivit
de cette forte.

» Tu fçais, Milord, le fujet qui m'a
» porté à faire la guerre au Roi ton Maî-
» tre, il faut que demain, à la face de
» tous mes Peuples, dans une Audience
» publique que je te donnerai, tu te
» préfentes, au pied de mon Trône, nue
» tête, fans épée, & en chemin il faut
» que tu me préfentes la tête de Dom
» Pédre qui te fera remife, & qu'après
l'avoir

» l'avoir tirée du sac où elle est enfer-
» mée, tu t'écries à haute voix, en l'éle-
» vant en l'air : « *Voilà, ô le plus grand*
de tous les Rois, la tête du traître Dom
Pédre que le Roi d'Angleterre mon Maî-
tre vous envoye, en réparation de la témé-
rité qu'il a eue d'oser faire la guerre à Vo-
tre Majesté : il implore sa miséricorde, &
je parois par son ordre dans cet état d'hu-
miliation pour la suplier à mains jointes
de lui pardonner aussi-bien qu'à son Royau-
me, & de lui donner la paix à telles con-
ditions qu'Elle trouvera bon être ; protes-
tant de plus qu'il se fait honneur d'être au
nombre de ses Vassaux, & qu'il payera
un tribut tous les ans de la valeur qui sera
spécifiée. . . . .

Dom Pédre n'attendit pas que le Roi
d'Espagne eût achevé. Plutôt mourir,
oui mourir mille fois, s'écria-t'il. . . . . .
» Hé bien tu mourras, « interrompit ce
Roi terrible avec le transport le plus affreux de colére : » mais saches que mille
» tourmens affreux précéderont ton tré-
» pas, & que tu mourras mille fois
» avant que de mourir. « N'importe,
reprit Dom Pédre avec mépris, la nature est une esclave, elle se plaindra en
vain, mon courage sçaura bien ne pas
se démentir : c'en est trop, s'écria le Mo-

narque cruel, » qu'on l'emmene & qu'on
» exécute mes ordres, qu'on lui arrache la
» vie, & que ce soit par les suplices les
» plus cruels... « Poursuis, monstre, poursuis tes horreurs, interrompit l'Ambassadeur, en se tournant vers les esclaves qui
lui préparoient des fers ; aprends pour t'y
convier que je suis ce même Dom Pédre
dont on t'a aporté la tête ; si j'emporte un
regret en mourant, c'est la honte d'avoir
dissimulé & d'avoir été si long-tems sans
me déclarer.

A ce discours imprévu, le Roi jettant
un grand cri, envisagea fixement l'Ambassadeur, comme quand on cherche à
se rapeller des traits échapés à la mémoire, & tira une seconde fois la tête du
sac, dont il n'avoit pas fait encore l'examen : après l'avoir considérée à la lueur
d'un flambeau avec une attention cruelle :
c'est donc ainsi que tu me joues, Gusman, s'écria-t'il, en lançant un regard
où l'arrêt de sa mort étoit dicté, à celui qui étoit derriére sa chaise. C'est donc
ainsi, scélérat, que tu remplis ton devoir & abuses de ma confiance. Gusman
demanda en tremblant à s'expliquer ;
parles, dit le Roi avec fureur, excuses si
tu le peux ta perfidie, mais souviens-
toi que si tu n'es pas mieux fondé pour

l'autre preuve que tu ne l'es pour celle-ci , que rien ne peut t'arracher à la mort qui t'est préparée.

CHAPITRE XX.

CEtte menace affreuse , au lieu d'achever d'intimider le perfide Gusman , le rassura : j'ai pu me tromper , Seigneur , s'écria-t'il en se jettant aux genoux du Roi , en immolant un autre que Dom Pédre à votre juste vengeance ; je ne l'avois jamais qu'entrevu , à peine le connoissois-je : oui les indices ont pu me faire méprendre : il étoit nuit ; l'horreur de l'acte affreux que j'étois à la veille de commettre a pu tromper mes yeux ; mais pour l'autre victime que vous m'aviez ordonné de vous sacrifier , je vous en certifie la preuve certaine : je la connoissois trop bien pour prendre le change. En un mot , que Votre Majesté me fasse périr , je me soumets à son arrêt : puisque Dom Pédre est présent , il peut vérifier si la seconde tête que j'ai remise à Votre Majesté est celle... Il suffit , dit le Roi en impofant filence à Gufman, c'eft ce que nous allons juftifier.

Le barbare Tyran après ces mots fe leva & paffa dans fon cabinet. Dom Pédre, qui avoit entendu l'affreux difcours de Gufman, frémiffoit d'une fecrete horreur : quelle eft cette tête dont le perfide Gufman fe glorifie, difoit-il en lui-même ? Que fignifie cette énigme ? En faifant ces affreufes réflexions, une fueur froide fortit de fon corps, la nature l'emportoit fur fon courage, il étoit à la veille de s'évanouir ; le retour du cruel Monarque le rendit à lui-même. Je fuis content, s'écria le Roi, ma vengeance n'eft point trahie ; mais de qui foupçonnes-tu cette tête, continua-t'il, en la confidérant avec une nouvelle attention, & en adreffant la parole à Gufman ? J'ai des idées confufes d'avoir vu de pareils traits. Dom Pédre à ce difcours fixant les yeux fur ce Chef facré, treffaillit & jetta un grand cri. O Ciel ! s'écria-t'il, fans être le maître de fa fureur, fe peut-il que le monftre perfide qui a commis le plus grand de tous les crimes, ne foit pas écrafé de mille foudres à la fois ? O le plus grand & le plus aimable des Rois ! ô Prince auffi humain que brave &

malheureux , faut-il que le Ciel , que j'invoque inutilement , permette que les Tyrans vivent , & que le plus digne de tous les Monarques foit la victime des plus hautes noirceurs , & tombe fous les coups du plus lâche affaffin ?

Le Roi d'Efpagne frémit en entendant prononcer ce difcours : quoi! s'écria-t'il, en regardant Gufman avec fureur , cette tête que tu fupofois du perfide dont j'entends les clameurs, eft celle du Roi d'Angleterre, & tu as ofé te porter à ce coupable affaffinat. J'ai pu me venger par cette voie des deux perfides fujets échapés à ma juftice ; mais d'un Roi.... Que ce fecret fatal foit pour jamais enféveli dans le filence , ajouta-t'il , & toi, Dom Pédre , prends ce fabre , & avant que je me venge de toi , venges toi toi-même ; c'eft à Gufman que tu es redevable de tes malheurs ; fans lui , à qui je dois la connoiffance des affronts que tu me faifois , je les aurois peut-être ignorés à jamais : oui , c'eft lui qui eft le principe de tous tes malheurs , c'eft enfin fur lui que doivent tomber tous tes coups.

Quelque raifon qu'eût Dom Pédre de profiter de la funefte grace qu'on lui faifoit , il jetta le fabre avec mépris : je

fçais combattre, répondit-il, & non pas
affaffiner ; j'honorerois trop un monftre,
s'il mouroit de mes coups : l'ignominie
du fuplice le plus affreux eft fait pour
des cœurs auffi lâches que le fien ; & fi
j'étois capable de me porter à d'auffi baf-
fes extrêmités, je profiterois du fer que
tu me mets en main pour t'arracher, Tyran, une vie que tu déshonores fans ceffe
par les forfaits les plus odieux ; mais
trembles, j'ai en main des moyens in-
faillibles de t'en punir ; aprends-les : Keelmie, la belle Keelmie, eft en ma puiffance ; fçaches enfin que fi dans quinze
jours je ne reparois pas en Angleterre,
que mes ordres font donnés pour qu'elle
périffe, & qu'elle te foit ôtée pour jamais.

Ce difcours imprévu, que l'extrêmité
où fe trouvoit Dom Pédre lui avoit fug-
géré pour en fortir, & pour fe préparer les moyens de venger l'affaffinat du
Roi d'Angleterre, qu'il regarda dans ces
momens comme fon propre Roi, fit
une telle impreffion fur le Roi, que
d'un Tyran le plus barbare, il devint
l'Amant le plus craintif & le plus allar-
mé. Ah ! Dom Pédre, s'écria-t'il, que
me dis-tu ; quel fond puis-je faire fur ce
que tu me dis ; ne me trompes-tu point ;

ta politique , la crainte des tourmens ne recourent-ils point à cet artifice , pour faire ceſſer mes fureurs ? Mais qu'importe , expliquons-nous : toute chimérique que ſoit cette idée trop flateuſe , elle me ſéduit , elle me calme. Le cruel Monarque n'eſt plus le même , il eſt pâle , interdit , il veut recourir à la ſuplication , mais cette fierté innée dans ſon ame , le retient : il apelle Menquès , il lui parle à l'oreille , & dans un inſtant Guſman & les Miniſtres de ſes cruautés diſparoiſſent. Dom Pédre ſe trouve ſeul avec le Roi : l'occaſion de s'en venger n'étoit-elle pas bien favorable ? Quel eſt le mortel à la place de Dom Pédre , qui n'en eût pas profité ? Mais Dom Pédre a le cœur auſſi grand que le Monarque l'a cruel ; il recourt à l'uſage de la politique , lorſqu'il y eſt obligé , mais il ne ſçait point ceſſer d'être magnanime , & lorſqu'il ſe vengera , il aura l'honneur & la raiſon de ſon côté.

Le Roi d'Eſpagne ne ſe vit pas plutôt libre de s'expliquer , qu'il offrit à Dom Pédre ſa grace , & le retour de ſa confiance , pourvu qu'il lui rendît un bien ſans lequel il ne pouvoit vivre , & dont la perte , diſoit-il , jointe à l'affront que la Princeſſe ſa Sœur lui avoit fait ,

étoit l'origine fatale de toutes les cruautés auxquelles il s'étoit porté.

Nous venons de remarquer que Dom
Pédre avoit tout d'un coup pris le parti de
diffimuler, afin de fe mettre en état de
fe venger des malheurs qu'il ne prévoyoit
que trop. Dans cet efprit, il répondit
au Roi qu'il ne s'étoit rifqué de revenir en Efpagne, que dans l'intention de
faire fa paix avec fon Maître ; mais
qu'ayant lieu de foupçonner par les actions de Gufman, fon plus cruel ennemi,
que ce traître s'étoit porté à des horreurs qui le touchoient encore de plus
près, il ofoit exiger de Sa Majefté un
aveu fincére des vengeances auxquelles
Elle s'étoit portée, en l'affurant que s'il
étoit poffible après ce détail qu'il pût fe
livrer fans réferve à la douceur de le
fervir, qu'Elle le trouveroit difpofé à fai-
fir avec empreffement les occafions de lui
prouver qu'il avoit été moins un traître,
qu'un Sujet aigri par des malheurs injuf-
tes, & qu'il n'avoit point mérités ; il falloit tout l'amour dont le Roi d'Efpagne
étoit enflammé, pour l'empêcher de relever la chûte de ce difcours : fa fierté
fouffrit au point que, fans l'idée de Keelmie en danger de fa vie, aucun égard
ne l'auroit retenu ; il dévora fa colére

& diſſimula à ſon tour : oublions tout, reprit-il, en adouciſſant autant qu'il pût ſes regards & le ton de ſa voix, moi, les ſujets légitimes que j'ai eus de me plaindre de vous, & vous, les extrêmités cruelles auxquelles m'a porté l'idée du déshonneur que votre conduite avoit occaſionné. Oublions tout, Dom Pédre, je le répéte, que ces actes de part & d'autres ſoient enſévelis pour jamais dans le ſilence : comme j'ai porté juſqu'à l'excès la honte des plus cruels affronts, figurez-vous que les vengeances ont été portées auſſi aux derniéres extrêmités : par ce moyen nous ſerons quittes l'un l'autre, & l'avenir nous dédommagera des deux côtés de tout ce que nous aurons ſouffert juſqu'ici. Dom Pédre jugea bien, par l'adreſſe de cette réponſe, que le Roi éludoit l'aveu du crime ; il étoit trop habile pour ne pas ſoupçonner la vérité du fait, que la politique du Prince lui cachoit ſi ſoigneuſement : s'il s'en étoit cru, la fureur l'auroit emporté ſur la feinte ; la tête du Roi d'Angleterre, dont l'aſpect funeſte crioit au Ciel la vengeance la plus affreuſe & la plus complette, le faiſoit frémir de fureur, & rien n'auroit été capable de ſuſpendre ſon courroux, ſi l'idée d'un ſecours trop prompt, & de ne

se venger qu'à demi, ne l'eut fait per-
févérer dans sa premiere résolution. Il
feignit d'entrer dans les vues du Prince ;
& pour lui prouver que ce qu'il avoit
avancé étoit vrai , il tira la lettre de
Keelmie dont il s'étoit chargé en partant. Le Roi en connoissoit l'écriture , &
ce témoignage devoit servir pour l'engager de plus en plus à le croire.

En effet, à peine le Roi eut-il reconnu l'écriture de la belle Keelmie , qu'il
baisa sa lettre avec transport ; mais que
ne devint-il point après avoir lu les témoignages de la fidélité & de la conf-
tance de cette sage fille ? Quoi ! Dom
Pédre , s'écria-t'il , avec un doux tranfport, en oubliant dans ce moment sa politique, tu aurois pu donner des ordres
cruels contre des jours si précieux & si
dignes d'être respectés ? Oui , Seigneur,
reprit l'Ambassadeur , en affectant le ton
& l'air le plus naturel, c'est à cause de
l'intérêt que je n'ignorois pas que vous
prenez à cette fille respectable, que je les
ai preferits: j'en ai frémi moi-même d'horreur ; mais le pas que je faifois en vous
aportant ma tête , étoit trop délicat pour
ne pas prendre les précautions que la politique & la vengeance dictent dans des
occasions aussi suspectes & aussi impor-

tantes : je ne vous cacherai pas même
que j'ai fait part à Keelmie de ces terribles prévoyances , & je vous ajouterai
encore qu'elle a tant d'équité , qu'en fou-
pirant de la rigueur de fon fort, elle n'a
pu même les défaprouver.

Ce dernier trait acheva de réfoudre le
Roi ; & quel garant me donnerez - vous ,
reprit-il , de me rendre Keelmie , en cas
que je vous laiffe le maître de vous re-
tirer ? Ma parole , reprit fiérement Dom
Pédre , qui ne le céde pas à celle des
Rois : donnez - moi un homme de confiance qui m'accompagne , & dès que
je ferai fur la frontiere , je lui remet-
trai Keelmie. Il fuffit , reprit le Monarque , qui concevoit dans ce moment les
moyens d'avoir cette fage fille & de perdre enfuite Dom Pédre. Promettez-moi
de me renvoyer , dès que vous ferez forti
de mes Etats , l'objet de mes plus tendres
défirs avec les préalables que vous venez
de propofer vous-même , & vous êtes libre de partir à l'heure même. Je vous ai
donné ma parole , reprit Dom Pédre , rien
dans le monde n'eft capable de m'y faire
manquer.

Le Roi trembloit à chaque inftant que
fa politique ne le trahît , & que Dom
Pédre , qu'il connoiffoit fier & impétueux ,

ne se portât à quelque extrêmité qui pût nuire à ses desseins secrets. Il brisa là-dessus l'entretien, & se donna lui-même la peine d'apeller Menquès qui attendoit ses ordres dans une chambre voisine. Dès qu'il parut à ses yeux il lui donna ordre de faire fournir à Dom Pédre tout ce qui lui convenoit pour partir la même nuit. Il lui nomma un Gentilhomme de confiance pour le suivre, auquel Keelmie devoit être remise, & qui devoit la ramener en Espagne ; en un mot cette affaire intéressoit de maniere le Monarque cruel, qu'il entra lui-même dans le détail de toutes ces choses, & les mit bientôt au point où il désiroit.

Dom Pédre ne se trouva pas plutôt seul avec Menquès, qu'il le remercia de ses bontés généreuses : le premier Ministre lui serra la main en le priant qu'il n'en fût jamais parlé. Il lui conseilla ensuite de faire ensorte que le Roi son Maître ne pût sçavoir en quel lieu il vivoit : je tremble des retours de ce Prince, lui dit-il à l'oreille, vous le connoissez, il a pu découvrir où vous étiez, malgré toutes les précautions que vous aviez prises pour être caché ; jugez des risques que vous courez s'il parvient à le sçavoir une seconde fois. Que ce qui vient d'arriver se grave profondément dans votre ame, afin que vous ne vous trouviez jamais dans une pareille occasion.

En attendant que la chaise qu'on préparoit fut prête, Dom Pédre demanda à Menquès par quel miracle le perfide Gusman avoit échapé au naufrage dont il étoit instruit : comment il étoit possible, après l'outrage qu'il avoit fait au Roi d'enlever Keelmie, qu'il fût parvenu à faire sa paix, & à regagner sa confiance. Ce que vous désirez d'aprendre ne blesse point les loix sévéres de mon honneur & de mon devoir, reprit Menquès, je veux bien en cette considération vous satisfaire, mais tenez vous-en s'il vous plaît à cette seule question que je vais résoudre, sans quoi vous me mettriez dans le cas de vous refuser, & de devenir suspect par une plus longue conférence. Les murs chez les Rois ont des oreilles & des yeux, vous m'entendez, il suffit : voici l'éclaircissement que vous désirez.

Le Roi ne fut pas plutôt informé de l'enlevement de Keelmie par Gusman d'Alnikaras, qu'il devint d'une fureur sans égale ; il vouloit lui-même courir après les ravisseurs ; il détacha tant de troupes, & donna des ordres si formels aux Officiers qui les commandoient, en leur enjoignant de ne point ménager leurs chevaux, afin de joindre plus promptement les fugitifs, qu'il s'en fallut peu qu'ils ne parvinssent à les rattraper : sans la mer, qui fit échaper Gusman avec sa proie, il auroit payé de sa vie son attentat ; mais sa destinée trop heureuse en décida autrement.

Le Roi, furieux de voir son attente trompée, ne se contenta pas de punir sévérement ceux qu'il avoit chargés de ses ordres ; il fit même une déclaration par laquelle il mettoit à un prix exorbitant la tête de Gusman ; il annonça la récompense la plus attrayante pour celui qui le lui rameneroit vivant, & une somme immense, en cas qu'on fût assez fortuné pour parvenir à sçavoir ce qu'étoit devenue Keelmie : la publication étoit suivie d'un double signalement, & il n'y avoit pas lieu de douter que tant de soins ne fussent suivis de l'heureuse issue que le Monarque s'en étoit promis.

En effet, à peine l'année fut-elle écoulée, que le Roi reçut une lettre de Gusman même : elle m'a toujours paru si sin-

guliere, que je ne l'ai jamais obliée , &
que j'en ai retenu jufqu'aux moindres fil-
labes : vous en allez juger.

*LETTRE de Gufman d'Alnikaras au
Roi d'Efpagne.*

SIRE ,

» GUfman d'Alnikaras fugitif , &
» dont la tête eft profcrite & mi-
» fe à prix par Votre Majefté , n'a pas
» joui du précieux avantage pour lequel
» il s'étoit banni volontairement de fa
» Patrie. Un naufrage cruel a fait périr
» fon Vaiffeau dans des mers éloignées :
» il devoit lui - même être englouti dans
» les ondes en fureur ; des Sauvages com-
» patiffans l'ont arraché au danger affreux
» où il étoit expofé. En entrant en Eu-
» rope par un autre miracle, qu'aprend-
» il ? qu'on le cherche en tous lieux ,
» que fa tête eft profcrite par Votre Ma-
» jefté , & qu'il ne peut échaper à la
» deftinée effroyable qui le menace : ô
» Ciel ! que devient-il à ces terribles nou-
» velles , quel parti prendre dans cette
» affreufe extrêmité ; il ne voit qu'un
» moyen feul pour faire fa paix ; il le pro-
» pofe , fera-t'il écouté ?

» Le fugitif d'Alnikaras, devenu efcla-
» ve par une fuite de fes malheurs, fe
» trouve chez un Maître dans un coin
» de la terre où il a reconnu la Princeffe
» Emilie, Sœur de fon Roi : Gufman
» n'ignore pas les juftes fujets que le Roi
» fon Frere a de pourfuivre la vengean-
» ce des affronts qui lui ont été faits ;
» qu'Elle faffe grace pour prix de cette
» faveur, on lui promet fon miniftere
» pour la venger : Gufman ne paroîtra
» aux yeux de fon Maître que la tête des
» coupables à la main. «

Le refte de cette lettre, continua Menquès, étoit le plan de l'entreprife : il
mandoit qu'Emilie étoit feule dans la
maifon, qu'il chercheroit les moments de
la nuit où elle feroit enfermée avec Dom
Pédre qu'il foupçonnoit être dans la même
Ville, mais qui n'étoit pas connu fous fon
vrai nom ; il demandoit de l'argent pour
préparer fa fuite, & une promeffe de ré-
compenfer quatre hommes, dont il avoit
befoin pour l'exécution de fes projets, & il
indiquoit enfuite une adreffe fûre en Angleterre pour avoir réponfe à fa lettre ; rien
n'éto t oublié, les mefures prifes pour exécuter ce terrible projet paroiffoient infail-
libles, tout y étoit parfaitement médité,

Pendant que Menquès raportoit ces choses, Dom Pédré frémissoit ; il se contint avec peine, les larmes s'ouvroient malgré lui un passage, tout lui annonçoit l'affreux malheur qu'il n'avoit déjà que trop soupçonné.

Le Roi, poursuivit le premier Ministre, reçut cette lettre avec des sentimens partagés ; d'un côté, il trembloit que Keelmie n'eût péri dans le naufrage qui lui étoit annoncé, & de l'autre il se flatoit que le même miracle qui s'étoit fait en faveur de Gusman, pouvoit avoir sauvé sa Maîtresse : après des réflexions à ce sujet, tantôt tristes, tantôt moins affligeantes, il prit le parti d'écrire à Gusman. Le projet de se venger de vous, Dom Pédre, & de sa Sœur, succéda aux premieres idées ; il ne pouvoit se persuader que vous fussiez échapés l'un & l'autre à l'horreur de votre suplice ; la conjecture lui parut cependant trop importante, pour ne pas la vérifier : en cette considération, il se resolut de promettre la grace à Dom Gusman, à condition qu'il tiendroit les paroles affreuses qu'il avoit avancées.

Que vous dirai-je de plus, Gusman risqua le tout pour le tout ; il avoua au Roi en arrivant, qu'il avoit été bien hardi pour oser aporter sa tête ; qu'il avoit pris son parti, & qu'il aimoit autant mourir tout d'un coup que d'être sans cesse dans les apréhensions cruelles de son sort, & d'être pour jamais privé de ses bonnes graces ; il assura que la Princesse Emilie vivoit, & en donna des preuves si convaincantes, que le Roi le crut, & le somma d'exécuter le projet qu'il avoit conçu, avec promesse que s'il réussissoit dans cet horible projet, que sa confiance, son rang & ses biens lui seroient rendus à l'instant.

Mon cher Dom Pédre, ajouta le premier Ministre, Gusman repartit après avoir mis le Roi au fait de toutes ses aventures, & lui avoir fait espérer, pour lui faire sa cour sans doute, que Keelmie étoit échapée du naufrage, & qu'à force d'enquête il parviendroit peut-être à la retrouver : vous arrivâtes pendant que ce lâche Courtisan exécutoit peut-être ses desseins criminels. Vous sçavez le reste & vous n'ignorez pas ma sensibilité pour vos malheurs, & les soins que je me suis donné pour vous en faire éviter un plus grand : ne m'en demandez pas davantage ; on vient, c'est le Marquis della Doloré qui doit vous accompagner : que votre prudence soit votre

guide, & que le Ciel propice vous ren-
de plus heureux que vous ne l'avez été
jufqu'ici.

Dom Pédre auroit voulu faire expliquer Menquès fur un point dont il n'o-
foit demander lui-même l'explication ;
mais le premier Miniſtre ſe retira froi-
dement fans lui répondre : le Marquis
aprochoit, & le premier Miniſtre , qui
fçavoit l'art de ſe conduire , ne vouloit
pas qu'on pût foupçonner l'entretien qu'il
venoit d'avoir avec Dom Pédre , & la
part qu'il prenoit à ſes malheurs.

CHAPTRE XXI.

SI Dom Pédre pendant le cours de
ſon voyage étoit accablé des réflexions les plus cruelles & de la douleur
la plus profonde, Criſtanval ſon Fils ne
ſouffroit pas moins de la ſituation funeſte
où il ſe trouvoit. Quoique les Juges
n'euſſent pu jufqu'alors le convaincre du
crime atroce qu'on lui imputoit, & qu'au
contraire on eût découvert par les voies
des enquêtes qu'un Efpagnol fuivi de
quatre autres s'étoient fauvés le jour que
le Roi & Emilie avoient été aſſaſſinés ,

on ne laiſſoit pas que de le pourſuivre comme s’il en eût été le criminel, & on avoit l’injuſtice de faire ſervir de conviction à ſon crime des témoignages qui devoient être à ſa décharge ; on ſupoſoit que les Etrangers fugitifs étoient complices de l’aſſaſſinat, & que Dom Pédre, ſous prétexte de ſon Ambaſſade, avoit profité de cette occaſion, qu’il avoit fait naître d’inteligence avec le Roi d’Eſpagne, pour former une conjuration dont les premiers ſuccès n’avoient que trop malheureuſement réuſſi.

La Reine étoit la ſeule qui juſtifiât dans ſon cœur le malheureux Criſtanval ; elle ne pouvoit prendre ſur elle de l’accuſer, & encore moins de le condamner ; la veille du jour que la Loi l’obligeoit à ſigner ſon Jugement, elle fut dans des agitations les plus cruelles. D’où vient donc qu’il m’en coûte tant pour faire périr un homme qui doit m’être indifférent, diſoit-elle à ſa Favorite ? Pourquoi mon cœur, ce triſte cœur, ſaigne-t’il, lorſqu’il s’agit de ſigner ſa condamnation ? Que m’importe que ſa tête vole ſur un échafaut : mais, que dis-je, la voix de l’innocence n’eſt-elle pas ſuffiſante pour cauſer ces mouvemens qui m’accablent ? pourquoi en rougirois-je ? ô

Sauvages que je gouvernois avec tant de douceur, pourfuivoit-elle, que ne fuis-je encore parmi vous ? hélas ! que j'é-tois tranquille en comparaifon de l'état où je me trouve aujourd'hui : je com-mandois à des Peuples moins éclairés, il eft vrai, mais auffi le vice refpectoit-il leur ignorance ; la paix qui régnoit dans mon cœur fuffifoit pour faire ma félicité, & je n'étois pas fans ceffe en proie à tous les événemens cruels dont il eft déchiré dans ces tems de troubles & d'horreurs.

Quelques favorables que fuffent les difpofitions de la Reine pour Criftanval, elle fut obligée le lendemain de figner l'Arrêt qui le condamnoit lui & fon Pere à la mort. Il fut heureux qu'on attribuât à la douleur de cette Princeffe les lar-mes qu'elle ne put s'empêcher de répan-dre : on fupofa que le fouvenir de la mort d'un Roi qu'elle avoit tant de lieu de regréter, étoit la fource de fes pré-cieufes larmes : mais elles avoient un principe bien plus conftant : la fuite de cette Hiftoire le fera concevoir aifé-ment.

Dès que cet Acte injufte fut revêtu de toutes fes formes, on fit les prépara-tifs accoutumés pour faire mourir le Cri minel avec éclat. Pour ce qui étoit de Dom Pédre, on devoit l'exécuter en éfigie, diffamer sa mémoire, le dégrader de toutes ses dignités, le déclarer traître, & l'inscrire sur les Regiftres de l'Etat, avec tous les titres qui pouvoient le rendre exécrable aux yeux de tout l'Univers, & à ceux de la poftérité. L'on devoit encore mettre sa tête à prix, afin de le perdre tôt ou tard, envoyer de jour en jour des assassins d'Angleterre en Espagne pour parvenir enfin à se défaire de lui. On se persuadoit bien qu'il étoit sur ses gardes, instruit, comme il étoit naturel qu'il le fût, de tout ce qui s'étoit passé ; mais on ne perdoit point l'espoir de trouver les moyens de le faire périr comme on s'imaginoit qu'il le méritoit.

La nuit, qui précédoit le jour choisi pour l'exécution de cette inique Sentence, la Reine fit un songe qui la réveilla en sursaut. Keelmie couchoit dans sa chambre ; & depuis l'affreux événement qui lui avoit arraché son Pere & son Roi, elle vivoit dans une agitation qui l'empêchoit de prendre aucun repos : elle se leva avec précipitation, & vint sçavoir ce qui pouvoit occasionner les plaintes de la Reine : ah ! Keelmie, s'écria cette Princesse, en la faisant coucher à

côté d'elle, je meurs d'effroi & de douleur, je viens de faire un rêve effroyable, dont la fuite & la fin me perfua-
dent qu'il eft fignificatif, & qui me pré-
fagent les horreurs les plus affreufes.

Il m'a femblé que j'étois chez les Sauvages que j'ai commandé avant que d'ê-
tre Reine de ces lieux, & que tous mes
Peuples m'environnoient en pleurant :
je leur ai demandé avec un tendre intérêt la caufe de leurs larmes : vous nous
quittez, m'a dit l'un des plus Anciens, &
c'eft-là la caufe de nos pleurs & de nos
regrets ; que ne paffez - vous des jours
tranquilles avec nous, au lieu de nous
abandonner ; fçavez-vous bien la deftinée cruelle qui vous attend, fi vous vous
éloignez de ces climats ? ô Ciel ! qu'o-
fez-vous hazarder, que de crimes vous
environnent, quelle terrible fin vous eft
préparée ! O Princeffe trop infortunée,
tu donneras la mort à ton Pere, à ton
Frere, à ton Epoux à la fois ! L'Incefte
& le Parricide te font réfervés : en def-
cendant du Trône tu defcendras toi-même dans le tombeau ; tel eft l'arrêt du
Sort, tu ne fçaurois t'en préferver.

La Reine, en achevant ces mots, fe
mit à pleurer amérement : voilà le fon-
ge cruel que j'ai fait, dit-elle, & les

propres difcours qui m'ont été tenus ; je n'en ai pas oublié une feule parole, ils feront à jamais gravés dans ma mémoire : non, Keelmie, je ne les oublierai jamais : que dois-je conjecturer de ces préfages affreux ; que dois-je faire, grand Dieu ! pour empêcher qu'ils n'ayent lieu ? je frémis de fecretes horreurs, je tremble, je m'agite, je ne vois que troubles, chagrins, événemens funeftes ; quoi ! je ne reverrois un Pere & des Parens après lefquels je foupire fans ceffe, que pour leur plonger le poignard dans le fein : moi Parricide, moi ? ah Ciel ! plutôt mourir mille fois : préfervez-moi, grand Dieu ! de ces malheurs affreux, ou reprenez une vie qui m'eft à charge, & que je détefterois s'il étoit poffible que je puffe jamais donner lieu à un deftin fi cruel.

Quelqu'éfrayée que fut Keelmie elle-même de toutes ces chofes, elle fit tout ce qu'elle put pour raffurer la Reine : pourquoi vous agiter, lui dit-elle d'un rêve trompeur : vertueufe comme vous l'avez été jufqu'ici, devez-vous craindre de pareils crimes ; ofez-vous foupçonner de femblables malheurs ? non, non, Votre Majefté n'a jamais fait que du bien, le crime trembleroit à votre feul afpect,

&

& vous le craignez ; rejettez ces agitations fur la bonté de votre cœur , qui
gémit en fecret d'avoir été forcé de figner l'arrêt de deux hommes innocens ;
votre ame inquiéte d'être fouillée d'une
obligation funefte , s'eft agitée , a répandu dans vos efprits troublés ces fantômes
qui vous font aparus ; remettez vous donc,
ô Reine adorable ; la vertu fe déclare
pour vous , elle doit répondre de l'innocence de vos mœurs , & faire évanouir
des chiméres qui ne peuvent jamais avoir
l'ombre du doute , & encore moins de
la réalité.

Quelque confolant que fut ce difcours,
il ne fut point capable de raffurer la
Reine : elle paffa une partie de la nuit
à s'agiter ; en vain tenta-t'elle de prendre du repos , à peine avoit-elle les yeux
fermés qu'elle les rouvroit avec effroi ;
tantôt elle voyoit Dom Pédre trifte ,
abatu , chargé de fers, qui lui tendoit
les bras , & qui lui reprochoit fa cruauté ; un moment après, l'échafaut affreux
où devoit périr Criftanval s'aparoiffoit
à fon imagination troublée avec fon funefte apareil : elle y voyoit monter l'innocente victime dont elle avoit figné la
condamnation ; déjà le fer cruel fe préparoit , & lui alloit faire voler la tête ,

III. Part.   C

arrêtes , s'écrioit-elle en fe levant, & en
étendant les bras, arrêtes, refpectes l'innocence ... La Reine reconnoiffoit alors
fon erreur , & fe laiffoit tomber fur fon
lit avec un air d'égarement qui ne prouvoit que trop l'agitation de fon ame , &
ce que peut la nature fur des cœurs com-
patiffans.

Cet état cruel étoit trop violent pour
qu'il pût durer plus long-tems : la Reine accablée s'affoupit infenfiblement.
Keelmie qui n'avoit goûté aucun repos
depuis le jour fatal qui lui avoit enlevé
fon Pere , & l'efpoir de jouir du bien
après lequel elle foupiroit depuis fi long-
tems , s'endormit auffi peu de momens
après. O fommeil ! que tes confolations
font douces & puiffantes, tous les chagrins s'enféveliffent dans tes bras, l'on te
compare à la mort avec raifon ; mais
fi tu en es l'image , l'on doit auffi convenir que tu es le centre du repos.

Après nous être arrêté quelques momens fur ce qui fe paffe en Angleterre ,
ne convient-il pas de faire un tour en
Efpagne ? oui fans doute ; l'on nous y
prépare des événemens qui ne contri-
bueront pas peu au dénouement de cette
Hiftoire.

A peine Dom Pédre fut-il forti du ca-

binet du Roi d'Espagne , que le Roi se
mit à écrire ; sa lettre achevée , il fit
apeller Gusman d'Alnikaras. Ta méprise
est affreuse , lui dit-il , lorsqu'il fut en sa
présence ; si je suis assez malheureux pour
que les moyens que j'ai imaginés pour la
réparer ne réussissent pas , je me trou-
verai dans les embarras les plus cruels :
tous les Rois se réuniront pour m'accabler. Il s'agit donc , ô Sujet imprudent ,
de prévenir un éclat si funeste ; il faut
que tu partes , & que tu prennes un chemin oposé à celui de Dom Pédre , &
faire en sorte d'arriver avant lui en
Angleterre , te charger de la tête fatale
dont tu m'as fait le funeste present , l'en-
fermer dans une boete , y mettre l'adres-
se de Dom Pédre à Madrid , & y atta-
cher cette lettre , dont la lecture te met-
tra sur le champ au fait de mes secret-
tes intentions.

Le Roi tira alors son papier , & ordonna au perfide Gusman d'en faire la
lecture : il étoit conçu dans ces termes.

*LETTRE de Dom Cristanval à Dom
Pédre , suposée par le Roi d'Espagne.*

» **G**Ardez-vous bien , Seigneur ,
» d'ouvrir la cassette , que je vous
» envoye par un Esclave étranger , de-

» vant qui que ce soit : le secret qui y
» est renfermé suffit pour vous prouver
» que vos desseins sont exactement rem-
» plis. Je me sers d'une écriture étran-
» gère pour vous en instruire ; vous sça-
» vez de quoi il est question & cela suf-
» fit ; rien ne transpire , vous pouvez
» arriver , tout est prêt pour mettre la
» derniere main à vos projets. «

Dès que tu seras en Angleterre , continua le Roi barbare , tu acheteras un
esclave ; tu lui diras que tu t'apelles Dom
Cristanval , & tu le chargeras de la lettre & de la Cassette : laisses à la destinée de Dom Pédre à faire le reste ; tu
conçois que l'esclave sera arrêté , qu'on
voudra sçavoir à qui il est , & que le
secret fatal de la tête fera son effet. O
Dieux ! quelle douceur pour ma vengeance , elle sera complette ; je vois Dom
Pédre chargé de chaînes ; il est déjà sur
l'échafaut : oui , je le vois pâle , interdit , & je jouis d'avance de son suplice
affreux ; vas, Gusman , pars , voles , mes
trésors te sont ouverts ; épuises-les s'il le
faut , pourvu que mes vues s'accomplis-
sent , comme je n'en fais aucun doute :
tout réussira , je t'attends avec des nouvelles certaines de leur effet ; conçois-tu

bien la joie que tu vas me donner ? non ,
Gufman , rien ne peut l'égaler ; tout ce
qu'il y a de plus grand & de plus riche
dans mes Royaumes , va te récompen-
fer à ton retour d'un fervice que jamais rien ne fera capable de me faire
oublier.

Le lâche miniftre des cruautés du Roi
le plus cruel , accepta fervilement cet
odieux emploi : dans un inftant tout fut
préparé pour fon fatal voyage. Ah, grand
Dieu ! permettez - vous qu'il exécute un
projet auffi noir ? Mais taifons-nous, le
Ciel eft jufte : qu'il puniffe ou qu'il fou-
droye , c'eft à nous d'adorer fes décrets ,
de nous foumettre ; & quoiqu'il arrive ,
de n'en jamais murmurer.

CHAPITRE XXII.

LE jour marqué pour faire mourir
les innocens Criminels , le Greffier
en chef , accompagné des Juges , fe mit
en marche au lever du Soleil, felon l'ufage de ces tems éloignés , pour fe tranf-
porter chez la Reine , & lui demander
fes derniers ordres pour lire la fentence
à Criftanval , & pour le faire monter fur

l'échafaut. Cette aimable Princeffe, qui s'attendoit à cette fatale cérémonie, frémit de douleur, lorfqu'elle entendit le fon des trompettes lugubres, qui annonçoient la vifite qu'on venoit lui rendre : elle étoit dans ce moment avec fa Favorite & la belle Keelmie ; elle repandoit dans leur fein fa douleur & fes larmes : je vais donc, leur dit-elle, oprimer l'innocence, & faire périr ce qu'il y a peut-être dans le monde de plus brave & de plus vertueux ; & la loi cruelle qui m'y oblige ne me permet pas d'en gémir : elle achevoit à peine ces derniéres paroles, que les Magiftrats fe préfentérent à fes yeux : confolez-vous , ô grande Reine, lui dit, un genouil en terre, celui qui préfidoit , vous ferez vengée avant la fin du jour, le fuplice eft prêt, voilà l'acte équitable du jugement des Criminels, il n'y manque plus que le feing & le fceau de Votre Majefté pour lui donner la derniére force, & pour le mettre en état d'être exécuté felon fa forme, fa teneur, & généralement felon les vœux de tout le Royaume.

Après ce peu de mots , la fentence fut lue à haute voix ; il fallut toute la prudence de la Reine pour contenir fa profonde douleur. Elle fe recueillit en

elle-même pendant cette lecture , & chercha intérieurement les moyens d'éloigner
l'exécution projettée , fans qu'elle donnât
lieu de faire foupçonner l'intérêt fecret
qu'elle prenoit dans cette affaire : le Ciel
l'infpiroit. Remettons ce fuplice , leur dit-
elle , à un autre tems ; tous les Criminels ne font pas encore connus ; d'ailleurs j'ai des raifons effentielles pour
différer ; le prétexte qu'elle fupofa , parut
plaufible : elle affura qu'elle avoit eu
avis , un moment auparavant , qu'il s'étoit formé un parti en faveur de Criftanval , & que les Conjurés devoient fe
porter aux derniéres violences contre l'Etat dans le moment qu'on le fortiroit de
prifon , pour le conduire à l'échafaut. La
vivacité de fon efprit lui fuggéra une
Hiftoire qui avoit tout l'air de la vraifemblance & de la vérité ; loin qu'on foupçonnât la Reine d'aucune forte de motif, l'on
aplaudit à fa prudence , & après un délibéré fur ce qu'elle avoit avancé , les Juges fe retirérent , & firent publier que
l'exécution étoit différée , pour des raifons qui feroient expliquées dans leur
tems.

Pendant que la Souveraine d'Angleterre s'aplaudit d'avoir différé un acte
cruel , dont la feule idée faifoit frémir

d'horreur, la reconnoiſſante Keelmie mettoit tout en uſage pour empêcher qu'il
n'eût lieu. Ce n'étoit pas qu'elle ne fût
pénétrée de la triſte perte qu'elle avoit
faite de ſon Pere : elle auroit puni de ſa
propre main les aſſaſſins, ſi elle les eût connus, mais elle avoit de Dom Pedre &
de ſon Fils une opinion ſi favorable,
qu'elle n'avoit jamais oſé les ſoupçonner d'un attentat auſſi barbare ; ſoit que
ſa gratitude l'eût prévenue pour ces illuſtres malheureux, ou que leur innocence parlât pour eux, elle les regar-
doit comme des victimes infortunées, &
ſe faiſoit un devoir d'agir ſecrétement
en leur faveur.

Elle n'avoit pas peu contribué à dé-
terminer la Reine ſur le délai de leur ſuplice ; il ne ſe paſſoit point de momens
dans le jour qu'elle ne remontrât à cette
Princeſſe l'odieuſe injuſtice qu'on étoit
à la veille de commettre, faiſant périr
des perſonnes à qui l'Angleterre devoit ſon
ſalut ; mais quelque favorable que leur fût
la Reine, elle n'oſoit laiſſer entrevoir les
diſpoſitions ſecretes qui la décidoient.
Dans la conjoncture délicate où elle ſe trouvoit, c'eut été ſe rendre en quelque façon indigne du haut rang qu'elle occupoit :
il falloit du ſang pour apaiſer les mânes

d'un Monarque chéri , & le reſſentiment d'un Peuple idolâtre ; c'étoit un crime de s'y opoſer : en un mot quelques pathétiques que fuſſent les recommandations de Keelmie , ſans ces mouvemens ſecrets dont la Reine étoit prévenue , dont on a parlé , & dont on aprendra dans ſon lieu les véritables motifs , elle n'eût jamais pris ſur elle de s'expliquer de la maniere dont on l'a raporté.

Quelle que fut la confiance de Keelmie en la Reine , elle n'avoit pas cru devoir s'y arrêter entiérement ; elle avoit dépêché un Courier à Dom Pédre dès le moment qu'elle avoit été informée des meſures qu'on prenoit pour le perdre : l'homme dont elle s'étoit ſervi avoit eu ordre de lui rendre ſes dépêches en main propre , & elle ſe flatoit qu'étant inſtruit à tems de tout ce qui s'étoit paſſé pendant ſon abſence , & des riſques que ſon Fils couroit en Angleterre, il trouveroit des moyens pour l'arracher au terrible malheur dont il étoit menacé , & qu'il ne ſe mettroit pas dans le cas lui-même d'avoir rien à craindre des conjonctures affreuſes où il ſe trouvoit.

Le Courier dont la fille de Milord Portemhil ſe ſervit , étoit un Gentilhomme de tout tems attaché à feu ſon Pere , &

qui joignoit à l'ardeur de servir la fille , un ardent défir de venger la mort
d'un Maître , auquel il étoit attaché depuis fa plus tendre jeuneffe ; il fe chargea
même avec d'autant plus d'empreffement
de la commiffion , qu'il avoit beaucoup
d'obligation à Dom Pédre. Pendant que
ce grand homme commandoit l'armée
d'Angleterre , il avoit avancé un Fils
que ce Gentilhomme avoit au Service :
dans les cœurs bien faits la reconnoiffan-
ce a de la chaleur , elle brûle de fe fi-
gnaler.

L'agent de Keelmie partit dans ces difpofitions , rencontra Dom Pedre dans la
route. Après lui avoir remis fes dépêches , il l'avertit qu'il étoit prêt à recevoir fes ordres , & qu'il n'y avoit rien
de difficile qu'il n'entreprît pour lui prouver fon zéle , & le parfait attachement qu'il
lui avoit confacré.

Quoique Dom Pédre dût s'attendre aux
plus cruels événemens , après ce qui s'é-
toit paffé en Efpagne , il pâlit en lifant
les lettres qui lui étoient écrites. Les pleurs
s'ouvrirent un libre paffage , en aprenant
la perte d'une Epoufe qu'il avoit aimée
avec tant de tendreffe & de vénération.
Il fe fit raporter de quelle maniere les
chofes étoient arrivées , & il jugea bien

par ce détail que Gusman d'Alnikaras
étoit l'auteur de cet assassinat : il dévora sa douleur en méditant les moyens les
plus affreux de se venger ; il connoissoit
la sensibilité du Roi barbare qui lui avoit
enlevé ce qu'il avoit de plus cher dans le
monde ; il vouloit l'accabler à son tour ,
par ce qui étoit capable de le faire gémir
pour jamais , & de le plonger dans le plus
affreux désespoir.

A l'égard des risques dont il étoit menacé , il les méprisa : il assura le Gentilhomme que bien - loin de fuir , comme
on lui conseilloit , il alloit au contraire
presser son retour ; que le seul moyen
de sauver les jours de son Fils & les
siens, c'étoit de justifier son innocence. Il
ajouta qu'il valoit mieux qu'ils périssent
l'un & l'autre, que d'échaper à l'ignominie
en laissant subsister les soupçons d'y avoir
donné lieu. En vain l'agent de Keelmie
voulut - il réfuter cette dangereuse maxi-
me , en lui représentant que c'étoit vouloir perdre Dom Cristanval , & se perdre , l'Ambassadeur fut inflexible , & garda un silence sévére , qui devenoit un triste
présage des nouvelles horreurs qui se préparoient.

Que n'est-il permis de jetter un voile
épais sur l'affreux incident qui se médite ?

pourquoi la vérité de l'Histoire nous con-
traint - elle de faire ce funeste détail ? le
croira-t'on , poura-t'on se persuader que
le brave Dom Pédre qui nous a donné lieu
jusqu'ici de l'admirer , ait été capable de se
porter à des actes aussi barbares que le
Roi d'Espagne ? Nous n'entreprendrons
point de le justifier , ni de représenter les
justes motifs de son désespoir ; le crime
ne trouve point de raison qui l'excuse :
le Héros doit en ignorer jusqu'au nom.

A près une heure d'une rêverie sombre
& funeste , Dom Pédre adressa ces mots
à l'agent de Keelmie : j'ai trouvé les
moyens , dit-il , de me venger d'un Roi
à qui l'Angleterre & moi nous devons nos
malheurs : il ne s'agit que de les mettre en
usage ; pendant que je suis encore libre
il faut en profiter ; retournez vers Keelmie , remettez-lui cette moitié de médaille , & qu'elle parte sur le champ ; je
l'attendrai sur la frontiere ; je ne puis vous
en dire davantage pour le présent ; le
Marquis della Doloré m'observe ; il ne
faut lui donner aucun lieu de se défier
de mes projets ; je suis encore sur les ter-
res du Roi son Maître , il lui seroit faci-
le de les faire échouer. Après ce peu de
mots, Dom Pédre écrivit à Keelmie ; il
lui mandoit qu'il avoit des choses de la

derniere conféquence à lui communiquer, la prioit de partir fecrétement & de fe rendre à une Ville qu'il défignoit dans un hôtellerie, où après avoir été averti de fon arrivée, il devoit aller conférer avec elle des chofes les plus importantes : fans entrer dans aucun détail, il piquoit fa curiofité & il la mettoit dans le cas de tout efpérer.

Le Gentilhomme partit fur le champ avec ces ordres : ils ne parvinrent pas plutôt à Keelmie, qu'elle fe mit en chemin avec une joie extrême : elle n'avoit garde de prévoir qu'elle couroit à fa perte, & qu'elle alloit être la victime innocente de la vengeance & du défefpoir.

Pendant que ces chofes fe paffoient, Gufman d'Alnikaras fe preffoit d'arriver en Angleterre ; une nuit qu'il traverfoit une forêt, il s'égara dans le bois ; & lorfqu'il en fut forti, le hazard permit qu'il fut conduit dans la même Ville & dans la même hôtellerie où Dom Pédre étoit defcendu, & où il attendoit l'arrivée de l'infortunée Keelmie. Gufman trembla en reconnoiffant un des gens de Dom Pédre ; il jugea qu'il fe trouvoit dans la même maifon que lui, & cette conjecture l'inquiétta au dernier point ; il connoiffoit la valeur de ce grand homme, il sçavoit combien il étoit digne de sa colére & de sa vengeance, & il soupçonnoit aussi que s'il étoit reconnu, la politique même n'étoit pas capable de le mettre à l'abri de sa fureur.

Dans cet esprit, le lâche Gusman résolut de se cacher de l'hôtellerie & de n'en sortir que la nuit suivante ; il donna ses ordres en conséquence de cette résolution, & en attendant l'heure de son départ il s'enferma dans sa chambre avec une inquiétude extrême ; il sembloit qu'il eût un secret pressentiment de ce qui devoit lui arriver.

Le hazard enfante tous les jours les événemens les plus extraordinaires ; ce qui suit en est une preuve bien certaine : la sage Keelmie arriva précisément la nuit que Gusman avoit choisi pour continuer sa route. Dom Pédre averti de son arrivée, sortit aussi-tôt de sa chambre pour se rendre dans la maison où elle étoit ; en passant une sorte de coridor qui distribuoit différentes issues pour les chambres des Passagers, il rencontra Gusman d'Alnikaras : il jetta un cri d'effroi & d'horreur en le reconnoissant, & mit le sabre à la main ; Gusman qui sortoit pour éviter cette rencontre, & qui n'avoit eu garde de prévoir que l'heure

indue qu'il avoit choifie, feroit précifé-
ment celle où il le trouveroit, frémit de
fon côté & fe fauva dans fon apartement : le furieux Dom Pédre l'y fuivit ;
il faut perdre la vie, s'écria-t'il en y entrant avec lui, il n'eft rien qui puiffe te
fouftraire à mon jufte reffentiment ; s'il
eft vrai qu'un lâche puiffe être brave
défends-toi ; mais je te jure fur ce qu'il
y a de plus facré qu'il n'y a point de
miféricorde ; il faut que je périffe où que
je t'arraches une vie dont l'exiftence a
fait tous mes malheurs.

Le malheureux Gufman voulut entrer en pourparler & modérer le reffentiment de Dom Pédre , en lui faifant
entendre que s'il vouloit lui pardonner,
qu'il étoit prêt à lui fournir les moyens
de fe venger du principal auteur de fes
infortunes. Dom Pédre ne lui répondit
qu'à coups de fabre ; en vain Gufman
voulut-il les parer , de deux coups portés par la valeur & par le reffentiment ,
il le mit en état de n'avoir plus rien à
craindre de fa réfiftance ; Gufman tomba fur fes deux genoux autant de frayeur
que de fes bleffures, en le fupliant avec
de honteufes larmes de ne pas l'achever.
J'en mourrai s'écria-t'il , laiffes-moi du
moins le peu d'inftans que j'ai à vivre

pour me reconnoître & pour te servir.
Non, non, reprit le furieux Dom Pédre, ce n'est pas assez, je ne suis pas
content, un monstre comme toi doit périr, & en prononçant ces derniers mots
il leva le sabre pour lui couper la tête :
arrêtes, dit Gusman en jettant un cri affreux, j'ai des secrets de la derniere importance à te communiquer ; il y va
de la vie de ton Fils à les ignorer ; il
y va de la tienne ; laisses-moi le tems de
te les dire ; permets que je me récon-
cilie avec le Ciel irrité contre moi ; après
cela tranches le fil d'une vie malheureu-
se, puisque tu ne veux pas me la laisser ;
je n'en murmurerai point, je sçais que
j'ai mérité ta fureur & le précipice affreux dans lequel je suis tombé.

Ces derniers mots suspendirent la fureur de Dom Pédre ; il étoit question
d'un Fils qu'il aimoit tendrement ; la nature le calma : parles, lui dit-il en abais-
sant son sabre : de ta sincérité dépend ta
grace ou ton supplice ; les instans sont
précieux, taches d'en profiter. Le lâche
Gusman se dépécha d'apprendre à Dom
Pédre les raisons secretes qui l'avoient
fait partir pour l'Angleterre, & les ordres qu'il avoit de le défaire de lui,
dès qu'il auroit mis Keelmie entre les

mains du Marquis della Doloré. Après ce détail , Dom Pédre voulut être inftruit de celui qui le touchoit le plus ; de quel renouvellement de fureur ne fut-il pas tranfporté en apprenant le lâche affaffinat de la Princeffe fa femme : vas, s'écria-t'il, tu es un monftre d'horreur ; fi je m'en croyois , je t'arracherois ta vie criminelle ; mais j'ai befoin de ce qu'il t'en refte pour achever de te rendre un objet d'exécration à la face du Ciel & de la Terre : dans un inftant je m'expliquerai. En achevant ces mots Dom Pédre fortit & enferma Gufman dans fon apartement , en lui jurant que s'il jettoit aucun cri , qu'il rentreroit pour l'achever ; il envoya à l'hôtellerie où étoit Keelmie un homme en qui il avoit une entiére confiance , avec ordre de la lui amener avec le plus de fecret qu'il lui feroit poffible : enfuite il rentra dans la chambre de Gufman ; il lui banda luimême fes bleffures , en lui promettant qu'il lui enverroit chercher dans peu un Chirurgien & un Prêtre ; & afin de lui conferver des forces néceffaires pour exécuter le plus affreux deffein , il lui fit avaler d'un élixir qu'il portoit fur lui , dont la chaleur devoit empêcher que le

blessé ne perdit avec son sang l'usage du
sentiment.

Plus la vengeance est raisonnée, & plus
elle est terrible : Dom Pédre ne se donnoit tant de soins pour conserver les jours
de Gusman , que pour le faire servir à
ses affreux projets : il frémissoit lui-même des horreurs qu'il étoit à la veille
de commettre ; mais il n'avoit que ces
moyens pour se venger d'un Roi cruel ,
à la barbarie duquel il devoit tous ses
malheurs.

L'infortunée Keelmie n'hésita point de
suivre l'homme que Dom Pédre lui envoya : dès qu'elle fut arrivée à l'hôtellerie , & que l'Ambassadeur en fut informé , il la fit attendre dans une chambre voisine , rentra dans celle de Gusman , à qui il parla dans ces termes.

» Tu sçais mieux que moi , lâche mi-
» nistre du plus barbare de tous les Sou-
» verains , les sujets légitimes que j'ai
» de me venger d'un monstre qui n'a
» cessé depuis un tems de m'accabler
» par les endroits les plus affreux ; je ne
» les rapelle point ces crimes horribles ,
» je ne pourois les envisager sans t'arra-
» cher la vie ; il n'y a qu'un seul objet
» qui te la conserve jusqu'ici : c'est de

» te faire servir à ma vengeance. Le
» Roi d'Espagne, mon ennemi le plus
» cruel, adore Keelmie ; j'ai promis de la
» lui renvoyer ; je veux lui tenir paro-
» le, c'est toi que je choisis pour lui re-
» mettre ce qu'il a de plus cher dans le
» monde ; mais Gusman, avant tout, il
» faut que tu lui plonges un poignard
» dans le sein ; à ce prix je t'abandon-
» ne à ton malheureux sort, à ce prix
» je te laisse une vie que tu me dois,
» & dont je suis le maître. Parles, es-
» tu dans le dessein de me satisfaire ? un
» mot va décider de ton salut ou de ta
» fin. «

En prononçant ces terribles paroles,
Dom Pédre leva le sabre. Gusman s'é-
cria avec effroi qu'il étoit prêt non-seu-
lement de faire périr Keelmie, mais même de s'abandonner aux crimes les plus
affreux, pour qu'on lui conservât la vie.
Il suffit, reprit Dom Pédre, en lui met-
tant dans la main un poignard ; la victime va t'être amenée : dans un moment je viens t'absoudre ou te punir.

Le Confident de Dom Pédre attendoit à la porte les ordres de son maître ;
ils furent de conduire Keelmie dans la
chambre de Gusman, & de venir lui rendre compte de ce qui s'y feroit passé ;

le cruel Espagnol, qui ne l'étoit devenu qu'à force de malheurs, n'avoit pu prendre sur lui d'être le témoin d'une barbarie si odieuse. Peu de momens après il apprit que le crime avoit donné de nouvelles forces au lâche Gusman : la beauté de Keelmie, qui avoit du réveiller en lui des sentimens qu'il avoit ressenti autrefois, ses pleurs à la veille du danger affreux qu'elle reconnut trop tard, les priéres, rien n'avoit pu toucher le lâche Gusman & retenir les coups redoublés qu'il lui porta ; il sembloit que le traître se vengeât lui même d'une ennemie cruelle ; il ne cessa point ses barbares efforts qu'elle ne tombât sans vie à ses pieds : ô Ciel ! se peut-il que tu permettes de pareilles horreurs ?

Dom Pédre ne fut pas plutôt informé que cette victime innocente avoit été précipitée dans le tombeau, qu'il entra dans l'apartement du Marquis della Doloré ; j'ai promis au Roi ton maître, lui dit-il, de lui renvoyer Keelmie : suis moi, je suis prêt à remplir ma parole. L'agent du Monarque Espagnol se leva avec inquiétude ; l'air de Dom Pédre annonçoit les horreurs dont il alloit être le témoin ; il recula deux pas d'effroi en reconnoissant à la lumiére des flam-

beaux Gufman d'Alnikaras, que le meurtre nouveau qu'il venoit de commettre
avoit fait tomber fans fentiment ; il frémit apprenant que le corps étendu à terre étoit celui de l'infortunée Keelmie ,
& il voulut donner des marques de fon
reffentiment ; remets ton épée , s'écria
le furieux Dom Pédre en lui lançant un
regard horrible , & en faifant briller fon
fabre à fes yeux ; il ne te ferviroit de
rien de vouloir venger ton lâche Souverain d'une repréfaille légitime ; tu ne fe-
rois qu'augmenter le nombre des victimes. Adieu, dis à ton Tyran que je vais
porter une tête en Angleterre qu'il avoit
voulu profcrire par des moyens honteux
& dignes de lui , & affure-le de ma part
que fi fes ennemis me laiffent une vie
qu'il a tenté mille fois de m'arracher ,
qu'elle ne fera employée à l'avenir qu'à
faire des efforts puiffans & continuels
pour le punir de tous les crimes effroya-
bles qu'il a commis & qu'il a occafion-
nés. Après ce difcours, Dom Pédre fe
retira , & monta à cheval avec l'amer-
tume & la douleur dans le cœur : le remords l'accompagoit , & il arriva en An-
gletterre dans une affiéte d'efprit qui le
mettoit au-deffus de tous les malheurs qui
étoient à la veille de l'accabler.

CHAPITRE XXIII.

A Peine Dom Pédre fut-il dans la Capitale, que le bruit de son arrivée se répandit par-tout : le peu de soin qu'il aporta de se cacher l'eût bientôt fait reconnoître : le Peuple qui croit tous les bruits qu'il plaît à la Cour de répandre sans les aprofondir, s'assembla bien-tôt par troupe, & après des délibérations tumultueuses, accourut en foule dans le Palais, où l'on avoit vu descendre Dom Pédre, & il voulut en enfoncer les portes. Les Gardes établies pour la police de la Ville, ayant été bientôt informées de ce mouvement populaire, se réunirent, & vinrent s'oposer aux violences projettées; d'un autre côté, les Magistrats instruits de ce qui y donnoit lieu, envoyérent un Détachement pour enlever le malheureux Dom Pédre : il étoit tems qu'il arrivât; les Anglais en fureur avoient repoussé les Gardes de la Ville, & étoient à la veille d'entrer dans le Palais ; Dom Pédre auroit été déchiré infailliblement par la populace ; en vain eût-il voulu se justifier, c'en eût été fait : le Peuple eſt un torrent, rien n'eſt capable de le retenir. Il falloit un ordre de la Reine ſigné de ſa main pour enlever Dom Pédre : on le garda à vue juſqu'à ce qu'il fût expédié. Cette Princeſſe frémit quand elle aprit ſon arrivée ; malgré ſon éloignement pour cet acte qui faiſoit périr un homme pour lequel elle avoit une vénération profonde, ſans en pénétrer la cauſe ſecrette, elle donna cet ordre funeſte. Dom Pédre fut enlevé & conduit dans un cachot voiſin de celui de ſon Fils ; il fallut promettre aux Habitans de la Capitale, acharnés à la perte de ces hommes illuſtres, que les Criminels ſeroient inceſſament conduits au ſuplice, ſans quoi leur deſſein étoit de forcer les priſons, & de les déchirer publiquement.

Dom Pédre étoit trop habile pour s'effrayer des riſques qu'il couroit : dès qu'il fut arrêté, il demanda d'être interrogé publiquement, & de ſe juſtifier du crime dont il étoit accuſé, à la face des Etats aſſemblés. Le caractére dont il avoit été revêtu, & les ſervices qu'il avoit rendus à l'Angleterre, donnérent un grand poids à ſa requête : après un délibéré dans la chambre des Milords, il fut décidé qu'elle auroit ſon effet ; mais com-

me il étoit d'ufage qu'il y eût un intervalle d'un mois , on publia le délai ,
afin que tous ceux qui pouvoient charger les Criminels , euffent le tems de
fe rendre dans la Capitale , en cas qu'ils
en fuffent éloignés : & en attendant ce
jour célébre , on recommença le procès
criminel contre Dom Pédre , afin que
tout fut en état de le juger, s'il ne nom-
moit point, comme il l'avoit promis, les
vrais auteurs d'un meurtre qui continuoit
à jetter le Royaume dans la derniére conf-
ternation.

Tandis que l'Angleterre eft occupée
de la jufte vengeance de la mort de fon
Roi , l'Efpagne frémit des fureurs de fon
Souverain. Quoi ! s'écria-t'il , en aprenant du Marquis della Doloré la mort
de Keelmie , Dom Pédre m'eft échapé ,
& tu ofes te prefénter à mes yeux fans
m'aporter fa tête : vas perfide , vas chez
les morts aprendre à l'infortunée Keelmie le défefpoir affreux où me jette fa
perte , aprends lui que je vais tant ver-
fer de fang, que l'Univers étonné fe fou-
viendra à jamais de fa tragique Hiftoire ; oui , oui , l'Angleterre fera mife
à feu & à fang, jufqu'à ce qu'elle m'ait
rendu le coupable auteur de fa perte ;
que mon Trône s'ébranle, que mes Peuples

ples foient fubjugués , que je périffe enfin , je fuis prêt à tout entreprendre , à
tout facrifier. O Keelmie ! étoit-ce-là ce
qui t'étoit réfervé ? ô lâche Gufman n'au-
rois-tu pas dû périr mille fois plutôt que
d'attenter à des jours fi précieux ? Mais
ne crois pas que ce crime refte impuni ;
non , non , tu mourras de ma main , &
le lieu où s'eft paffé cet exécrable affaffinat va devenir pour jamais un lieu
d'horreur & de malédiction.

Le Marquis della Doloré fut la victime
de ces tranfports ; un coup de fabre qui
lui enleva la tête , fut le commencement
des fureurs d'un Roi fi cruel , & la journée ne fe paffa point fans d'autres actes d'inhumanité. Le lendemain les ordres furent envoyés à toutes les troupes
de defcendre en Angleterre , & d'y commettre les actes d'hoftilité les plus horribles : on vit fortir des ports de mer de
nombreufes Flottes ; outre cela , le Tyran fit publier un ban pour convoquer
toute fa Nobleffe à la quinzaine ; il en
fit un Corps d'Armée féparé , à la tête
de laquelle il rugit comme un lion ; il
n'a point de repos qu'il ne foit entré en
Angleterre , & qu'il n'ait déchiré de
fa main , dit-il , le monftre épouventable qui lui a enlevé l'objet de fes défirs.

III. Part.　　　　　　　　D

La Reine d'Angleterre fut bien-tôt informée des préparatifs affreux qui se faisoient contre elle, & des actes d'hostilité qu'on commençoit à commettre contre ses Sujets ; après avoir tenu un grand Conseil, il fut expédié des ordres aux Troupes, pour s'opposer aux malheurs dont l'Angleterre étoit menacée ; on fit des levées considérables, on nomma des Généraux habiles, & après avoir pris toutes les mesures que la politique & la prudence dictent dans de pareilles occasions, on se flata que l'orage ne seroit pas aussi épouventable qu'on se l'étoit figuré.

Lorsque le Conseil assemblé eut décidé de ce qui avoit raport à la Guerre, on mit sur le tapis les motifs qui y donnoient lieu : le Roi d'Espagne avoit écrit à la Reine, que si elle lui livroit Dom Pédre & son Fils, que loin d'inquiéter l'Angleterre, il étoit prêt à faire une paix durable avec ce Royaume ; les deux tiers du Conseil penchoient à satisfaire ce Prince cruel, pour éviter les malheurs dont on étoit menacé. Mais la Reine & les Principaux du Conseil furent du sentiment de ne rien décider, dans une occasion aussi délicate, que Dom Pédre n'eût parlé : il avoit promis de nommer les meurtriers du feu Roi, & d'en donner des preuves convaincantes, lorsque la Chambre des Milords seroit ouverte ; il n'y avoit plus que quatre jours ; le terme étoit trop peu éloigné pour ne pas différer à prendre un parti ; c'étoit de ce jour fatal que la Guerre ou la Paix devoit se résoudre. Avec quelle impatience ne fut-il pas attendu.

Enfin il arriva ce jour célébre : la Reine se rendit, selon la coutume, dans la Chambre des Milords, en habit de deuil, lorsqu'elle fut avertie qu'elle étoit assemblée. Elle ne put s'empêcher de pâlir lorsqu'elle fut sur le Trône, & qu'elle pensa que le jugement qui seroit prononcé, seroit sans apel. Le malheureux Cristanval dans ses fers se présenta à son imagination avec des mouvemens inconnus, dont elle fut effrayée : jusques-là elle s'étoit intéressée pour lui, comme on s'intéresse pour un homme qu'on estime & qu'on croit innocent. Mais une lueur fatale lui fit connoître quelque chose de plus agissant pour lui dans son cœur ; cette connoissance la troubla, & il fallut toute sa raison & toute sa prudence pour dérober aux yeux qui la fixoient, l'intérêt touchant qui la décidoit en

faveur de ceux que la haine publique
avoit proscrit , avant l'arrêt qui devoit
être prononcé.

Un cri d'horreur & de vindicte publique arracha la Reine à ses sombres réflexions : il étoit occasionné par l'arrivée
de Dom Pédre & de son Fils que l'on
amenoit. Toute l'Assemblée tourna les
yeux sur eux , comme s'ils avoient voulu , par cet examen , prévoir s'ils étoient
innocens ou coupables ; la Princesse pensa se trouver mal, en arrêtant ses regards
sur ces illustres malheureux ; en effet le
spectacle étoit attendrissant. Dom Pédre & Cristanval étoient chargés de chaînes, & la lenteur de leur marche , avec
le bruit horrible des fers qu'ils traînoient,
jettoient une secrete horreur dans l'a-
me , qui l'obligeoit malgré elle de s'in-
téresser pour ceux qui les portoient.

Après que Dom Pédre & son Fils furent assis sur les tabourets humilians du
Parquet, on leur lut les accusations faites contre eux. Dom Pédre les écouta
avec une fierté mâle , & une noble as-
surance qui étonnérent les délateurs , &
qui suspendirent pour un moment la prévention fàcheuse ; ensuite ayant reçu la
permission de parler , il fit une profonde

inclination à la Reine, & s'exprima dans ces termes.

» Ce n'eft point ma juftification, ô
» Vous qui m'avez condamné fans m'en-
» tendre, dont il eft ici queftion ; je de-
» viendrois complice d'un crime qui me
» remplit d'horreur, fi je travaillois à
» m'en juftifier; ce font des preuves qu'il
» faut, & non pas des paroles ; j'ai vécu
» parmi Vous, je vous ai fervi de mon
» bras & de mon fang, ce devoient être-
» là mes défenfeurs. Le fouvenir de mes
» actions auroit dû vous parler en ma
» faveur ; mais puifque votre ingratitude
» les a mis dans l'oubli, qu'il n'en foit
» plus queftion ; aprenez à me connoître ;
» fachez qui je fuis, quels font mes
» malheurs ; aprenez à qui je les dois ;
» fuivez-moi dans le récit que je vais
» vous en faire ; & lorfqu'il fera termi-
» né, prononcez mon arrêt & celui de
» mon Fils, fi votre juftice le demande. «

Après ce court exorde prononcé avec dignité, Dom Pédre commença fon Hiftoire ; il n'oublia point fes amours avec la Princeffe Emilie ; il en parla avec les ménagemens qui convenoient pour fa gloire ; enfuite il paffa à la vengeance affreufe qu'en avoit pris le Roi d'Efpagne :

il dépeignit patétiquement tout ce qu'il
avoit souffert dans l'Isle déserte, ne fit
aucune mention de Keelmie, & encore
moins de ses belles actions, qui avoient
rendu à l'Angleterre l'éclat que l'Espagne lui avoit ôté : il s'étendit fort au
long sur le sujet de son Ambassade, fit
toucher au doigt les raisons qui l'avoient
engagé à porter sa tête au Roi d'Espagne ; entra dans l'affreux détail de la
conférence secrete qu'il avoit eue avec
ce Tyran ; déduisit l'horrible méprise qui
étoit la fatale cause de la mort du Roi,
circonstancia les motifs & la conduite de
ces terribles horreurs ; rendit compte de
ce qu'il avoit apris du premier Ministre
d'Espagne à cette occasion ; de la rencontre qu'il avoit faite du criminel Gufman ; de ce qu'il avoit apris de sa bouche ; avoua avec un air de repentir &
de remords le crime qu'il avoit commis
pour se venger du meurtre de sa femme,
& termina son discours ainsi.

　　» Voilà mes forfaits , ô Vous qui
» êtes assemblés pour me juger: si l'on
» devient criminel pour avoir donné lieu
» au crime, je le suis ; vengez - Vous ,
» je suis en votre puissance ; mais ne
» vous attirez point la colere céleste par

» une injuſtice ſans exemple : mon Fils
» ne trempe en rien dans mes malheurs ;
» il en a toujours été la victime, & ne
» les a cependant jamais mérités : que je
» périſſe enfin, mais qu'il ſoit conſervé
» pour Vous venger : vous ſçavez s'il
» eſt digne de porter les armes, & s'il
» a ſçu ménager vos Ennemis : aprés
» cela prononcez ; que je vive ou que
» je meure, je ſuis déterminé à ſubir la
» peine de votre jugement. «

Pendant le récit de Dom Pédre, qui
dura plus de deux heures, toute l'Aſ-
ſemblée eut les yeux fixés ſur lui, &
s'intéreſſa dans toutes les aventures qu'il
raporta : après qu'il eut fini, un ſilence
profond ſuccéda ; il ſembloit que chacun
méditât intérieurement ſur tant de malheurs ; la Reine n'avoit pu retenir ſes
larmes, & ſon cœur accablé ne ſe ſou-
lageoit que par ſes tranſports ; une partie de ceux qui avoient retenu leurs
pleurs ſe voyant autoriſés par celles de
la Reine, y donnérent un libre cours ;
quel changement prodigieux ! il ſembloit
qu'autant de Spectateurs fuſſent devenus autant d'amis tendres & ſincéres,
qui partageoient les infortunes de Dom
Pédre : l'innocence de ce grand homme
prévaloit, on ſe rapelloit les grandes ac-

tions de deux Héros à qui l'Angleterre devoit son salut, en faisant réflexion à la nouvelle Guerre à laquelle elle étoit en proie, & toutes ces considérations réunies, on ne pouvoit s'empêcher de convenir qu'en rendant à Dom Pédre & à son Fils leur liberté & la gloire, on faisoit moins pour eux que pour la Nation.

Le Président de la Chambre des Milords, qui sentit mieux que personne la conséquence de toutes ces choses, se leva & ordonna de reconduire les criminels, pour délibérer sur ce qu'on avoit à faire. A cet ordre, un murmure général se fit entendre : on eût désiré qu'ils eussent été renvoyés absous sur le champ. Mais la dignité de la Séance ne permettoit pas qu'on décidât d'une affaire aussi importante sans un plus mur examen : la Reine qui sçavoit qu'il n'étoit point d'usage qu'elle assistât aux secretes délibérations, se retira avec une inquiétude extrême : quoiqu'elle eût remarqué que tout étoit disposé en faveur de Dom Pédre & de son Fils, elle craignoit de funestes retours, & jusqu'à ce qu'elle eût apris le prononcé, elle fut dans des allarmes continuelles ; se feroit-elle jamais figuré le résultat important de l'Assemblée, & ne

fembloit-il pas que fes inquiétudes pré-
viffent une partie de ce qui devoit arriver.

CHAPITRE XXIV.

DEs que la Chambre de la Nobleffe
fut formée, on agita fi l'on abfou-
droit les Criminels, & l'on propofa de
quelle maniére on en uferoit dans cette
célébre occafion. Les avis furent partagés ; les uns vouloient qu'on gardât les
Accufés jufqu'à ce qu'ils euffent fourni
des preuves convaincantes qu'ils n'étoient
point complices de l'affaffinat du Roi ;
les autres décidoient que pour mettre
l'Angleterre à couvert des malheurs dont
elle étoit menacée, il convenoit de livrer des Etrangers en qui elle ne devoit
prendre aucun intérêt ; cet avis fut re-
jetté unanimement ; on le trouva mal
conçu, & même dangereux pour la Nation, qui, par cette foumiffion aux ordres d'un Monarque Etranger, faifoit
connoître fa foibleffe & la crainte qu'elle avoit de fes menaces ; on retourna
aux opinions, & après cinq heures de dé-

libération, le Préfident prononça de cette manière.

La Chambre des Milords, après avoir délibéré mûrement fur le procès intenté contre le Général Dom Pédre , & fon Fils Dom Criftanval , déclare qu'elle ne trouve aucunes preuves de l'Affaffinat qui a été commis contre le feu Roi de glorieufe mémoire ; à cet effet les auroit élargis fur le champ, fans l'obligation où elle eft de venger la mort d'un Souverain qu'elle a lieu de pleurer , & dont elle doit pourfuivre la vengeance. Sur ce , elle a jugé convenable d'ordonner que le Général Dom Pédre reftera en otage parmi Nous , jufqu'à ce que Dom Criftanval fon Fils ait vengé pleinement le crime odieux commis contre la facrée Perfonne de notre Monarque , en cherchant fans relâche à en punir les Auteurs quels qu'ils foient ; elle déclare en outre qu'en cas que ledit Dom Criftanval ne parvienne pas à fatisfaire aux défirs de la Nation gémiffante , il s'engage de donner fa parole d'honneur de fe rendre dans cette Capitale au bout de l'an & jour , à faute de quoi le Général Dom Pédre répondra fur fa tête de la contravention , & fubira les peines

dont il fera prononcé alors plus ample-
ment.

Le jeune Criftanval reçut fa liberté le
même jour, & Dom Pédre fon Pere,
dont on connoiffoit la délicate probité,
fut relâché fur fa parole. Ils furent l'un
& l'autre fe jetter aux pieds de la Reine,
qui les reçut avec joie, & qui ne put
s'empêcher de la leur témoigner. On vous
a rendu juftice, leur dit-elle, vous ne
me devez rien ; j'ai tremblé, je l'avoue,
que la prévention ne l'emportât fur l'é-
quité ; mais j'ai toujours efpéré que le Ciel
protégeroit votre innocence. Ces paroles
furent proférées publiquement. Mais un
moment après, la Reine ayant témoigné
qu'elle défiroit être feule, tout le monde
fe retira : fa tendreffe pour Keelmie lui
faifoit fouhaiter d'entretenir le Genéral
fans témoins : elle avoit compris par le
difcours qu'il avoit tenu dans la Chambre des Milords, que perfonne mieux
que lui ne pouvoit lui rendre compte de
ce qui étoit arrivé à cette fille ; Dom Pédre fatisfit avec fa candeur ordinaire fa
curiofité : il ne put lui diffimuler les chofes. La Reine frémit de cet affreux détail ; mais une puiffance fecrete la rendit de moitié de cette vengeance, & elle

ne put s'empêcher d'avouer qu'il y avoit des événemens extrêmes qui engageoient souvent à des actions dont on concevoit l'énormité, mais qu'il étoit moralement impossible d'éviter. Cette indulgence d'une Princesse aussi douce que vertueuse, attendrit Dom Pédre jusqu'aux larmes, & ne contribua pas peu à étouffer dans son cœur la voix du remords qui le martyrisoit sans relâche, depuis le terrible moment où la rigueur de sa destinée y avoit donné lieu.

La Reine qui s'intéressoit de plus en plus pour ces deux hommes illustres, ouvroit la bouche pour demander à Dom Pédre quelles mesures il alloit prendre pour satisfaire aux engagemens imposés par la Chambre des Milords, lorsque l'Huissier du Cabinet entra & annonça le premier Ministre: la Princesse pâlit à cette annonce; il n'étoit pas d'usage qu'on l'interrompît pendant le jour, & il étoit indubitable que des affaires d'une conséquence extrême l'amenoient au Palais.

Lorsque les traverses de la vie ont agité nos jours, on ne peut s'empêcher de ressentir des allarmes aux moindres aparences du malheur.

Le premier Ministre confirma les idées

funestes de la Reine. Il venoit lui aprendre que le Roi d'Espagne, à la tête d'une
Armée formidable, étoit entré dans le Royaume , & que rien ne lui résistoit : il
ajouta que plusieurs Courriers dépêchés
à la fois des Gouverneurs de la frontiére,
donnoient avis que la terreur étoit répan-
due de telle maniére , que jusques aux
troupes fuyoient & ne vouloient pas attendre le Vainqueur, & cela parce que
le Tyran qui se présentoit , n'entendoit
à aucun Traité , & mettoit à feu & à
sang toutes les Villes par lesquelles il pas-
soit. Il avoua naturellement à la Reine
que si le Conseil qu'on alloit assembler
extraordinairement pour cet effet , ne
trouvoit point de remédes prompts pour
interrompre le cours de cette désolation
générale , qu'il étoit assuré que la Mo-
narchie tomberoit avant qu'il fut peu sous
la domination du Tyran : il termina
enfin ce discours par dire, que dans l'état
affreux où étoient les choses, il n'étoit pas
possible de les dissimuler.

Ce discours étoit trop positif pour ne
pas jetter dans l'esprit de la Souveraine
l'agitation la plus cruelle : elle la laissa
entrevoir toute entiére. Dom Pédre, à
qui sa valeur inspiroit toujours de mâles

confolations, affura la Reine que fi les Anglais étoient bien conduits, qu'il n'y avoit rien qu'ils ne fuffent capables d'entreprendre : tout dépend des Chefs qu'on leur donnera, s'écria-t'il, en adreffant la parole au premier Miniftre ; je connois le génie des deux Nations : l'Efpagnol arrogant, triomphe tant qu'il fe perfuade qu'on le craint ; mais dès qu'on lui opofe un courage que rien ne dément, il s'étonne, il plie, & l'on eft bien-tôt fon vainqueur. L'Anglais au contraire ne fe prévaut de rien, il fe défie toujours de la fortune & des événemens ; vous ne le voyez point fe glorifier de vaines conquêtes, de légers avantages ; il ne s'abandonne point à fa profpérité ; il prouve par une conduite conftante qu'il ne fe croit victorieux, que lorfqu'il eft à la fin d'une Campagne, & qu'il n'a plus d'ennemis.

Ce peu de mots fit impreffion fur l'efprit du Miniftre ; il affura Dom Pédre, en fe retirant, qu'il n'oublieroit pas de les faire valoir : en effet dans le Confeil qui fut tenu le même jour, on fit une mention honorable de celui qui les avoit proférés ; & fi on ne prit pas pour-lors des arrangemens en faveur du brave Gé-

néral, on ne tarda pas à convenir qu'il
étoit le feul dans le Royaume qui pût
mettre heureufement en pratique les
confeils qu'il avoit hazardé de donner.

Huit jours après la liberté qui avoit
été accordée aux braves Efpagnols, Dom
Criftanval, qui avoit eu de fréquentes
conférences avec fon Pere pendant ce
tems, & qui avoit fixé fon départ pour
la nuit fuivante, fit demander à la Reine une audience fecrete ; je vais m'é-
loigner peut-être pour jamais de Votre
Majefté, lui dit-il, en fe jettant à fes
pieds ; Elle fçait que la Chambre des
Milords m'a condamné à venger des crimes énormes qu'on ne peut fe rappeller
fans frémir ; il peut arriver mille événemens qui me feront échouer dans mon
entreprife, ou qui m'ôteront une vie qui
ne m'eft chére que parce qu'elle vous
eft confacrée depuis le moment que j'ai
eu le bonheur de jouir de votre adorable préfence : qu'il me foit permis du
moins, avant de l'expofer, de vous déclarer mes fentimens les plus cachés. Je
vour aime, Madame, & je n'ai jamais
aimé que Vous ; je prends le Ciel à témoin que le refpect le plus digne d'ê-
tre écouté a toujours été de moitié de
mes tendres fentimens ; pourois-je fans

vous offenſer..... Arrêtez , Criſtanval, interrompit triſtement la Reine. O Ciel ! à quel excès oſez-vous vous porter ? Oubliez-vous que c'eſt à la veuve d'un Grand Roi à qui vous parlez , & que vous êtes le ſeul qui ait été aſſez téméraire pour lui faire une ſemblable déclaration ? Juſqu'ici je vous ai cru digne de mon eſtime ; juſqu'ici je vous ai conſidéré comme innocent ; voudriez-vous devenir coupable , & me faire regretter une opinion peut-être trop favorablement & trop précipitamment conçue ? Partez , Criſtanval , partez ; allez , confirmez l'eſtime de la Chambre des Milords ; qu'une vengeance légitime s'empare de votre ame , & qu'elle confonde des ſentimens qui devroient avoir été étouffés dès leur naiſſance , ou ſi mon malheur ou le vôtre étoit aſſez grand pour que la raiſon & ce que vous vous devez ne s'en rendiſſent pas les maîtres , fuyez pour jamais de ma préſence , & que je n'aye pas à rougir à vos yeux de vous avoir inſpiré une paſſion , qui , par mille égards plus ſolides les uns que les autres , ne pourroit ſubſiſter ſans déshonorer ma réputation , & ſans vous rendre le plus malheureux de tous les hommes.

Avec quelle dignité ces paroles ne furent-elles pas prononcées ? elles firent un si grand effet sur l'esprit étonné de Dom Criftanval, qu'il n'y répliqua que par un profond soupir & en se retirant : la Reine le vit partir avec une pitié favorable : son devoir avoit confervé le deffus ; mais le fond du cœur n'en refta pas moins agité, & pas moins prévenu pour lui.

Huit jours après le départ de ce jeune Héros, l'on aprit avec effroi à Londres que le Roi d'Efpagne avoit gagné deux batailles confécutives ; qu'il avoit mis toutes les Villes qu'il avoit conquifes à feu & à fang ; que tout fuyoit devant lui, & qu'il étoit en marche avec son Armée victorieufe pour faire le Siége de la Capitale. L'extrêmité affreufe où l'on se vit réduit, fit convoquer la Chambre des Milords : il y fut réfolu que, pour éviter les derniers malheurs, il falloit envoyer des Députés au Tyran, & lui livrer Dom Pédre : en vain quelques ames généreufes voulurent-elles combattre ce lâche parti, la pluralité des voix l'emporta. Suivant cette décifion, Dom Pédre fut arrêté en fortant de chez la Reine, & on envoya demander des paffe-ports au Roi d'Efpagne pour lui faire part de la délibération du Confeil,

& pour implorer la miféricorde du Vainqueur.

La réponfe ne répondit point aux ef-
pérances dont on s'étoit flaté : il n'eft
plus tems , répondit le Roi d'Efpagne
aux Députés , vous voulez me livrer le
Traître que je vous ai demandé , il ne
peut m'échaper ; dans deux jours l'Angleterre me fera foumife , & j'en uferai
alors comme il me plaira ; je ne puis
condefcendre qu'à une feule propofition :
que Londres m'aporte fes clefs ; en faveur de fon obéiffance , je lui ferai grace : je ne vous donne que vingt-quatre
heures pour y penfer.

Les Députés confternés , revinrent
avec cette altiére décifion : la Chambre
des Milords en frémit , & convint d'u-
ne voix unanime qu'il valoit mieux , dans
cette horrible extrêmité , que Londres &
le refte de l'Angleterre périffent & s'enféveliffent fous les ruines, que de fe foumettre à un ennemi auffi déraifonnable
& auffi cruel ; l'on délibéra enfuite fur
les mefures qu'on devoit prendre dans le
déplorable état où l'on fe trouvoit , &
après quatre heures d'opinions avancées ,
contredites & réfutées , on convint que
le mal étoit fans reméde , & qu'il étoit
impoffible de pouvoir y réfifter.

Le premier Ministre , qui assistoit à toutes ces délibérations , avoit toujours fait une sérieuse attention sur le mérite & la capacité extraordinaire de Dom Pédre. Il s'étoit toujours intéressé secrétement pour lui ; il attendit ce moment pour le proposer à la Chambre des Milords. Vous avez connu par une experience heureuse , leur dit-il , combien ce Général est habile , & de quel poids sont ses conseils & ses actions. Admettez - le à votre Assemblée ; qu'il oublie par votre confiance des procédés qu'il n'avoit point mérités , & qui sont si peu dignes de lui : qu'il devienne le Chef de vos délibérations , de vos armées , de l'Angleterre même , s'il le faut ; vous trouverez peut-être alors le reméde que vous cherchez : que sçavons-nous si cet homme à qui nous devons déjà tant , & auquel vous avez vu opérer tant de miracles , ne fera point encore celui-ci? que risquons-nous , pouvons-nous courir des extrêmités plus affreuses que celles où nous sommes réduits actuellement ?

Cette proposition fut apuyée par le premier Ministre de toutes les raisons solides qui pouvoient la faire valoir ; il fut écouté avec une attention qui prouvoit combien elle étoit reçue agréablement. En effet, à peine eut-il achevé sa harangue, que toute la Chambre aprouva hautement ce moyen : on envoya des Députés à la prison où Dom Pédre étoit renfermé ; on lui fit une satisfaction honorable ; le bruit qui s'étoit répandu parmi le Peuple qu'il alloit être à la tête des affaires, le transporta de joie, & fit tarir des pleurs dont la source n'étoit que trop légitime ; oui, ce Peuple qui naguere vouloit sa mort, change tout-à-coup, il l'éléve jusqu'au Ciel, & le conduit avec des acclamations réitérées jusqu'à la Chambre des Milords.

Les cœurs braves & généreux ne font point sujets à de bas ressentimens. Dom Pédre oublia dans l'instant les sujets qu'il avoit de se plaindre des Anglais, dès qu'ils en eurent marqué le regret : il accepta avec reconnoissance le timon des affaires, & refusa modestement le titre de Protecteur qu'on voulut lui donner ; il demanda qu'on lui fît un détail sincére & naïf de l'état présent où se trouvoit le Royaume, & promit qu'après quelques heures de méditation sur tous ces points importans, il agiroit, & qu'il risqueroit volontiers sa vie pour confirmer la confiance qu'on avoit bien voulu prendre en lui.

Les effets suivirent de bien près les paroles. Dom Pédre, revêtu du pouvoir Souverain, convoqua toute la Nobleſſe du
Royaume ; en attendant qu'elle fut rendue en armes & bagages en une plaine
qu'il avoit marquée pour le rendez-vous,
il aſſembla le Peuple de la Ville hors
de Londres, le fit avertir qu'il fût armé
de pêles & de hoyaux, & après leur avoir
fait part, par une harangue, de ſon deſſein, il les diſtribua dans tous les environs par où on pouvoit aborder à la
Capitale, & fit couper les chemins de
tranchées & de foſſés ſi profonds, &
en une ſi grande quantité, qu'il étoit
impoſſible qu'une Armée pût aprocher
ſans ſe mettre dans le cas d'être défaite
par le plus petit Détachement ; le Général fit ſoutenir les travailleurs par un Corps
d'élite, à la tête duquel il mit des Officiers
déterminés ; & les Peuples qui conçurent
que de leur travail dépendoit leur ſalut,
s'y portérent de ſi grand cœur, qu'en
moins de trente heures il fut achevé,
& dans l'état que Dom Pédre l'avoit dé-
ſiré.

Dom Pédre avoit donné de ſi bons ordres pour que le Roi d'Eſpagne ne fut
point informé du piége qu'il lui tendoit,
qu'il arriva avec ſon armée au commen-

cement de la nuit , aux environs de ses tranchées , sans qu'il en eût aucun soupçon ; il fit alte à un quart de lieue delà , dans l'intention , après deux heures de repos , d'en partir , de surprendre la Capitale , & de la réduire en cendres , après avoir enlevé des prisons Dom Pédre , où il sçavoit qu'il avoit été détenu lorsqu'on avoit proposé de le lui livrer , & où il le croyoit encore. Les prospérités sont souvent aussi contraires à un Conquérant que ses malheurs ; elles lui donnent une confiance dont la vigilance d'un habile ennemi sçait profiter ; le Général en donna un exemple dans cette occasion. Comme il n'épargnoit rien pour être bien servi , il fut averti par ses espions du dessein du Roi d'Espagne. Il commanda sur le champ deux Corps d'élite de quatre mille hommes chacun , se mit à leur tête , les fit défiler à la droite & à la gauche des tranchées , aposta du côté de la Ville plusieurs Régimens qui devoient profiter de la confusion de l'Armée , si elle pouvoit arriver jusqueslà ; l'ordre étoit de l'attaquer de deux côtés à la fois , dès que la confusion auroit rompu sa marche , & jusqu'à ce moment il étoit défendu sous peine de la vie de faire aucun mouvement qui

pût éventer la mine avant qu'elle eût
joué.

Après que Dom Pédre eût placé lui-
même les troupes dans les endroits favorables qu'il avoit choifis pour les faire donner , il monta un cheval anglais de la
derniére vîteſſe , ſe fit accompagner de
vingt des plus braves gens , & fut lui-
même à la découverte de l'Armée ennemie ; il ſurprit une védette, qu'il enleva
ſi heureuſement que le gros de l'Armée
n'en prit point l'allarme : cela le mit
dans le cas de pénétrer juſqu'au camp.
Comme Eſpagnol, il ne lui fut pas difficile de paſſer les premiéres gardes , &
l'on jugea par ſes réponſes qu'il étoit de
l'Armée. Son deſſein étoit de donner l'allarme , & de ſe faire ſuivre de toutes
les troupes du Roi d'Eſpagne , afin de
les engager dans les piéges qui leur étoient
tendus. Son artifice réuſſit au gré de ſes
déſirs. L'Armée du Roi d'Eſpagne , qui
étoit prête à marcher , le ſuivit. Dès qu'il
eut fait connoître qu'il étoit ennemi , il
paſſa à travers des foſſés par un chemin
couvert de faſcines qu'il avoit fait prati-
quer , & qui pouvoient réſiſter à trente hommes , mais qui devoient s'éfon-
drer lorſqu'elles ſeroient ſurchargées d'un
plus grand nombre. Dès que Dom Pédre

connut que son projet commençoit à réuf-
fir, il se jetta sur la gauche, fit le si-
gnal dont il étoit convenu, & toutes ses
troupes donnérent à la fois sur l'Ennemi
qui tomboit à chaque inftant dans les
tranchées, & qui jugeant du danger par
ce qui lui arrivoit, ne s'occupoit que du
foin de s'en tirer ou de l'éviter, & ne faifoit aucun ufage de fes armes. Sans une
Providence qui veille à la confervation
des Rois, quelque Tyrans qu'ils foient,
celui d'Efpagne périffoit dans cette con-
jonĉture, ou étoit tout du moins pri-
fonnier. Un Efpagnol généreux connoif-
fant le danger extrême où fe trouvoit
fon Prince, le tira d'un foffé où il étoit
tombé avec fon cheval ; le porta fur fes
épaules, & avec des efforts infinis le remit fur un terrain folide. Prefque toute
l'armée fut défaite tant par la droite que
par la gauche, & du côté de la Ville
où les fuyards furent taillés en piéces,
il n'y eut que ceux que leur bonne fortune fit tourner du côté d'où ils étoient
venus, qui échapérent. S'il avoit été poffible que le Général eût affemblé un
Corps de troupes plus confidérable, &
qu'il l'eût pu placer en lieu d'où la retraite leur eut été coupée, c'en étoit fait ;
aucun ennemi n'en fut réchapé.

Le

Le point du jour éclaira le plus fanglant fpectacle, & fit entrevoir les plus grandes actions. L'incomparable Dom Pédre, qui s'étoit porté partout avec une valeur qui doit fervir de modele à tous les Généraux, profita de ce jour pour aller reconnoître lui-même l'état des chofes. Il trouva, avec une fatisfaction douce, que les deux tiers de l'armée ennemie étoient péris, & que ce qui en reftoit étoit dans un fi mauvais équipage, qu'il n'étoit plus à craindre, & encore moins en état pour lors de lui donner aucune inquiétude : il raffembla fes troupes, fit ceffer le carnage, reçut à miféricorde tous ceux qui voulurent fe rendre, & avec une poignée d'hommes qui lui reftoit, il chaffa les prifonniers à la Ville comme on ramene un troupeau des champs.

La Ville de Londres, qui venoit d'être informée de la célébre Victoire que fon nouveau Général venoit de remporter, vint au-devant de lui avec des acclamations qui n'avoient jamais été exaltées avec de tels tranfports : les Anglais font extrêmes en tout ; fans aucune délibération, ils voulurent proclamer pour Roi Dom Pédre, & ils le proclamérent en effet. Le Général refufa ce titre, & leur dit qu'il se contentoit de la gloire de les servir, & que s'ils vouloient l'obliger de se prêter à leurs désirs, il se retiroit, & qu'il ne se mêleroit plus des affaires de l'Etat.

Cette menace fit son effet ; les Anglais rentrèrent dans la modération ; mais ils admirèrent une réponse aussi modeste qu'elle étoit rare. La Reine, qui alloit bientôt cesser de l'être, parce qu'elle n'étoit point grosse, l'année étant prête à expirer, ressentit dans le fond de son cœur une joie extrême de ce que celui qu'elle avoit toujours protégé, se trouvoit si digne de ses heureuses préventions ; elle assura la Chambre des Milords où elle se rendit pour recevoir Dom Pédre , & pour assister aux delibérations qu'on devoit faire à l'occasion de ce qui venoit de se passer, qu'elle verroit sans chagrin récompenser le mérite du Libérateur de l'Angleterre. Le Général répondit qu'il ne désiroit pour prix des heureux succès des Anglais, auxquels il n'avoit que la part de les avoir commandés, que celui d'affermir la Couronne, & de voir long-tems sur un trône une Reine qui l'occupoit si dignement, & qui méritoit les hommages de tout l'Univers.

Dès que la Noblesse du Royaume fut

convoquée, Dom Pédre se mit à sa tête, se fit suivre d'une Armée qui fut le-
vée en peu de jours, & se pressa de
profiter de l'heureux succès de la déroute de celle du Roi d'Espagne pour le joindre, & pour lui livrer bataille : il l'at-
teignit au bout de dix jours d'une marche précipitée. Ce Prince avoit déjà mis
sur pied une autre Armée ; & lorsqu'il
le rencontra, il se trouva encore supé-
rieur en force à la sienne ; le Conseil
de Guerre qui fut tenu à cette occasion,
penchoit à se retrancher dans un Camp,
& à ne rien risquer : la perte de la Bataille devoit entraîner celle de toute l'An-
gletterre. Ce parti étoit sage, mais Dom
Pédre ne voulut pas s'y conformer : il re-
présenta qu'il ne falloit pas donner le
tems au Roi d'Espagne d'assembler de
nouvelles forces ; qu'il étoit de la politique de profiter des avantages qu'on avoit
remportés, qui devoient avoir donné autant de terreur aux Espagnols que de
confiance aux Anglais ; que de cette victoire dépendoit le salut du Royaume,
parce qu'elle obligeroit le Roi d'Espagne à regagner ses vaisseaux, & à s'en
retourner dans ses Etats : enfin il aporta
de si solides raisons pour combattre le sentiment contraire, que tout le monde re-

vint au ſien ; la bataille fut décidée, &
les ordres furent donnés dans l'inſtant
pour charger les Ennemis à la premiere
occaſion.

CHAPITRE XXV.

SI le brave Dom Pédre travailloit gé-
néreuſement à portéger une Nation
oprimée, le jeune Criſtanval mettoit tout
en uſage pour répondre aux déſirs de la
Chambre des Milords, & pour venger
les mânes d'une mere reſpectable dont
il pleuroit journellement la perte. Son
deſſein en partant de Londres, avoit été
de trouver les moyens de ſe faire préſenter au Roi d'Eſpagne, ſous un nom
ſupoſé ; de lui demander un entretien
ſecret, de lui préſenter un poignard d'u-
ne main, & ſans lui donner le tems d'a-
peller à lui, de l'attaquer avec les mêmes armes de l'autre ; il vouloit avoir la
vie du Tyran ou perdre la ſienne. Son cœur
généreux n'avoit pu concevoir aucune
autre vengeance : il fallut changer quelque choſe au plan qu'il avoit médité. Il
aprit dans ſa route, que le Roi qu'il
cherchoit, étoit en marche à la tête de

ſon Armée , & il penſa bien qu'il ne lui ſeroit pas aiſé de l'aborder ſans ſe ſervir de quelqu'artifice ; l'embarras étoit difficile ; mais de quoi une ame guidée par l'amour , par la haine & par l'honneur n'eſt-elle pas capable ? Il eut bien - tôt imaginé un nouveau moyen : il n'alloit pas moins qu'à enlever le Prince au milieu de ſon Armée , & de le conduire priſonnier en Angleterre ; par ce moyen , il fatisfaiſoit à pluſieurs choſes à la fois ; il faiſoit la paix , il ſe vengeoit , il rendoit la liberté à ſon Pere ; ſon amour n'étoit pas auſſi oublié.

Dès qu'il eut bien examiné les conſéquences de ſon projet , & qu'il eut chargé des gens affidés de faire venir la meilleure partie de l'Armée , aux premiers ordres qu'il leur donneroit pour ſe rendre dans un Village à quelques milles de-là , où elle ſe tiendroit en embuſcade autour d'un bois qu'il avoit déjà reconnu & choiſi pour le théâtre de ſon entrepriſe ; après , dis-je , s'être préparé à la faire réuſſir , il ſe traveſtit en Berger , ſe rendit au Camp ennemi , & demanda au Capitaine des Gardes d'avoir l'honneur de parler au Roi : il aſſura qu'il avoit des choſes de la derniére conſéquence à communiquer au Monarque. Criftanval avoit fi bonne mine & un air qui prévenoit tellement en fa faveur, que le Capitaine des Gardes le reçut avec plus de bonté qu'on n'en a pour un homme qui garde les moutons. En tems de guerre tons les avis font écoutés de quelque part qu'ils viennent ; il fupofa que c'étoit un transfuge ; il lui promit que dès que le Prince auroit renvoyé deux Généraux avec lefquels il tenoit Confeil, il l'avertiroit qu'on avoit à lui parler. En effet une demi-heure après il tint parole ; le Roi d'Efpagne ordonna qu'on lui amenât ce Berger. Le Prince étoit dans le fond de fa tente avec Menquès fon Premier Miniftre. Que voulez-vous m'aprendre, jeune homme, lui dit le Roi en s'avançant vers lui ; vous pouvez parler, il n'y a perfonne ici de fufpect.

De quelque fermeté qu'un homme fe foit armé, la préfence d'un grand Roi imprime toujours ; foit que Dom Criftanval fut ému par cette confidération, ou que la reffemblance que ce Prince avoit avec la Princeffe fa mere, le faifît, il héfita & fut quelques momens fans ouvrir la bouche. Le Monarque le raffura en lui répétant qu'il n'avoit qu'à s'expliquer, & que rien ne pouvoit l'en

empêcher. Je ne le puis, reprit le fils de
Dom Pédre, d'un air noble, fier & cependant refpectueux ; ce que j'ai à communiquer à Votre Majefté, la regarde
perfonnellement, & elle ne me fçauroit
pas gré d'en ufer autrement. Le Roi fit
figne à Menquès de fortir, & dès que
Dom Criftanval fut feul avec le Roi, il
lui tint ce difcours.

» Je n'ai pris ce déguifement que pour
» parvenir plus furement devant Votre
» Majefté ; elle fçaura que la conferva-
» rien des jours de fa perfonne facrée
» m'intéreffe au point d'avoir ofé rif-
» quer les miens pour lui donner un
» avis fi important, que je ne puis le
» confier qu'à elle feule. Les ordres font
» donnés dans notre Armée de laiffer oc-
» cuper librement la Campagne à vos
» troupes, qu'elles s'aprochent même
» des nôtres, jufqu'à leur donner la
» chaffe de côté & d'autre, de forte que
» notre armée fe difperfant en confufion,
» la vôtre fe trouvera fur le terrein que
» l'autre occupoit ; ce qui donnant lieu
» aux troupes Anglaifes de fe rallier par
» un mouvement de droite & de gau-
» che, leur fera faire face de tous cô-
» tés, envelopera votre armée & fera
» enforte de vous enlever. Voilà quel eft

» le secret ; en voici le reméde. Votre
» Majesté faisant avancer fiérement ses
» troupes sur plus grand front qu'il se
» poura , pour mieux donner dans le
» piége de ses Ennemis , détachera un
» Corps de troupes choisies qu'elle com-
» mandera elle même , en gagnant len-
» tement sur la droite vers le bois , où
» se tenant en embuscade , elle leur fe-
» ra couvrir le défilé vers lequel les An-
» glais pressés par votre armée , seront
» obligés de courir , & où ils ne pou-
» ront éviter d'être entiérement défaits.
» De cette conduite dépend la Conquête
» de l'Angleterre. «

Ce discours tout intéressant qu'il paroissoit dans la circonstance , n'en impo-
sa point à un Prince qui joignoit à tant
de défauts un caractére naturellement
méfiant & soupçonneux ; mais il dissi-
mula. Quelque important que me pa-
roisse cet avis , je veux sçavoir , jeune
homme , à qui j'en ai l'obligation. Le
faux Berger interrompant le Roi ; » pro-
» fitez , Prince , de mes avis , lui dit-il ;
» il va de vos jours & des miens d'en
» exiger davantage ; on ignore mon éva-
» sion , le tems presse . & les raisons
» toutes essentielles qu'elles sont d'une
» démarche aussi hardie que la mienne ,

» ne pouront vous être connues que
» dans la suite. «

Il faloit avoir aussi peu d'expérience
de la politique, qu'en avoit Dom Cristanval, pour tenir un discours si obscur
en matiére de cette importance ; cependant le Roi d'Espagne, affectant toute
la satisfaction que méritoit un grand service, lui répondit : le succès de mes armes prouve assez les justes sujets que j'ai
eus de les porter contre l'Angleterre : je
ne doute pas que ce ne soit aussi dans cette
considération que tu es venu, au risque
de ta vie, pour me donner des connois-
sances si utiles pour réussir plus promptement dans mes projets ; & comme
tu ne me quitteras point, il n'y a pas
de récompense à laquelle tu ne puisses
prétendre pour prix de ton zèle & de ta
sincérité.

Si Dom Cristanval avoit prévu que
que ce discours si naif, en aparence,
étoit un artifice de ce Prince adroit,
pour le faire arrêter au sortir de sa tente, il eût profité du moment favorable,
& au péril de sa propre vie, il eût satisfait au désir qui le pressoit de se venger. Mais l'espoir qu'il avoit conçu de
surprendre ce Prince, & de le conduire Angleterre, ne lui fit pas assez pré-

voir ce qui pouvoit arriver. A peine eut-
il quitté le Roi , qu'il fut arrêté , chargé de chaînes , & remis à une fure garde. Le Roi ne douta point , lorfqu'on
lui aporta les poignards qu'on trouva
fur lui , que ce ne fût un Affaffin envoyé pour lui ôter la vie. Cette pré-
fomption, qui n'étoit que trop bien fondée , le rendit plus défiant que jamais ;
il fit ce qu'il put pour aprendre le fond
de cette aventure téméraire ; mais Dom
Criftanval , qui étoit au défefpoir d'a-
voir manqué fon projet , fignifia à ceux
qui voulurent le preffer de répondre à
cette occafion , qu'il endureroit tous les
tourmens que la cruauté pouvoit imagi-
ner , plutôt que de fe prêter à ce qu'on
vouloit exiger de lui.

Le Roi d'Efpagne , à qui l'on raporta la fermeté du prétendu Berger , mit
vainement en pratique les moyens les
plus violens pour l'obliger à fe déceler ;
le jeune Criftanval fouffrit avec une fermeté héroique les tourmens les plus cui-
fans. Las de le martyrifer , il attendit à
la fin de la guerre à le faire périr par
des fuplices inouis ; & dans la crainte
que cette nouvelle victime ne lui écha-
pât , il voulut qu'il fût toujours gardé
près de lui.

CHAPITRE XXVI.

CEpendant le Roi d'Espagne ayant jugé aux mouvemens de l'armée d'Angleterre, qu'elle avoit dessein de lui présenter la Bataille, hésita pour la premiere fois de sa vie s'il s'engageroit dans une action qui devoit décider de son sort; il sembloit qu'un pressentiment secret lui annonçât celui dont il étoit menacé: mais peut-on l'éviter? Après avoir conféré avec ses Généraux, il prit le plus mauvais parti: la Bataille fut ordonné pour le lendemain au lever du Soleil: il crut qu'en attaquant le premier les Anglais avec fureur, qu'il leur inspireroit de l'effroi & qu'il les auroit bientôt mis en déroute; mais il avoit à combattre contre des ennemis à qui la présence d'un grand Général donnoit de la confiance; il trouva des Soldats intrépides: il se repentit, mais trop tard, de s'être engagé avec tant d'imprudence.

A peine l'Aurore paroissoit-elle, que le Tyran, qui couroit à sa perte, fut à cheval & harangua son armée. » De cette » journée, s'écria-t'il à haute voix, dé-

» pend votre falut & votre bonheur :
» accoutumés à vaincre les Anglais en
» tant de rencontres, vous n'avez plus,
» Amis, que ce dernier combat à leur
» livrer. Votre victoire vous rend les
» maîtres de leur vie & de leurs richef-
» fes : le fac de la Ville de Londres en
» fera la preuve : encore un pas, vous
» êtes dans cette grande Ville ; encore
» quelques coups de fabre, l'Angleterre
» eft à vous. «

Le brave Dom Pédre n'employa pas
tant de mots : Soldats, leur dit-il, fou-
venez vous qu'en triomphant de l'ennemi que vous allez combattre, vous allez
venger les mânes de votre grand Roi :
rapellez-vous que ce font ces mêmes Efpagnols qui lui ont arraché fi indigne-
ment fa vie, & que fi vous étiez affez
lâches pour ne pas le venger pleinement,
vous deviendriez complices de fa mort.

Quel effet terrible ne produifit pas cette
courte harangue : le vautour ne fond pas
avec plus de rapidité fur fa proie, que
les Anglais fondirent fur les Efpagnols.

Le Roi d'Efpagne, qui fe préparoit
dans ce moment à donner encore de
nouveaux ordres, n'eut pas le tems de
les prononcer ; l'ennemi enfonce le premier rang ; en vain s'opofe-t'il à ce pre-

mier progrès, en vain s'écrie-t'il & s'efforce-t'il à rallier le Soldat étonné, tout plie, la mort & l'horreur volent de toutes parts ; il est par-tout, il inspire la confiance. Si quelques Régimens écoutent sa voix & tentent de repousser l'ennemi, le brave Dom Pédre survient comme un éclair, & fait évanouir ces légers avantages ; il perce en tout lieu, il cherche le Roi d'Espagne, il veut profiter d'une occasion si belle pour le combattre lui-même : le Tyran s'en aperçoit bientôt ; il ne manque point de valeur. Dans le triste état de ses affaires, il pense qu'il n'y a que ce dernier moyen pour décider d'un combat dont son terrible ennemi est prêt de remporter la gloire ; le désespoir se joint à son courage, il arrive à sa rencontre les yeux étincelans : ces deux adversaires se reconnoissent & jettent en s'abordant un cri de haine & de fureur.

A peine les combattans au milieu desquels ils se trouvérent, eurent-ils reconnu quels étoient ces fiers Rivaux, qu'ils s'arrêtérent mutuellement, & suspendirent leurs coups : il sembloit qu'ils fussent devenus immobiles par une puissance secrette, & qu'ils jugeoient que la fin de ce combat devoit décider de leur bonne ou de leur mauvaile fortune ; ils firent un cercle au milieu duquel combatirent ces fiers adverfaires. Le Roi d'Efpagne parut d'abord le plus intrepide : il attaqua Dom Pédre avec une fureur qui fit trembler pour lui les Anglais ; il fembloit que ce Général n'étoit occupé qu'à fe défendre, qu'il mettoit toute fa valeur à parer fes coups. Mais qu'on en jugeoit mal : il reprenoit haleine, il ne vouloit rien rifquer : il attendoit pour fraper un moment favorable. Enfin il l'entrevoit ; le Roi d'Efpagne léve en l'air un fabre pefant à deux mains, qui doit enlever la tête du Général ; un cri affreux retentit ; on la croit à bas ; Dom Pédre fait un mouvent, pare le coup, & d'un revers donné à propos, frape à plomb fon ennemi fur la tête & le renverfe de cheval ; fans le cafque qui garantit la pefanteur du coup, c'en étoit fait, ce Prince cruel étoit puni de toutes fes cruautés.

Mais le tems n'en étoit pas encore arrivé, il ne fut qu'étourdi de fa chûte. Dom Pédre, qui s'étoit jetté à bas de cheval pour l'achever, ne fut pas peu furpris de le voir relever & d'avoir à rendre un nouveau combat. Semblable à un Taureau échapé à la mort, le Roi

d'Espagne fond comme un Lion sur son
Ennemi ; le Géneral le reçoit avec la même
me fureur : il en alloit triompher ; deux
larges blessures qu'il avoit faites au Roi
étoient les avant-coureurs de sa victoire.
Mais un événemeut auquel il n'avoit
garde de s'attendre , pensa la lui arracher. Quatre Espagnols déterminés fondirent tout-à-coup sur lui : il fut obligé de faire volte-face ; comme une Lion-
ne à laquelle on veut ravir ses petits ,
il fond sur eux , il les éloigne bientôt.
Pendant ce tems , on enleve sa proye :
des sujets fideles transportent leur Roi
dans un endroit éloigné : le Héros se
retourne pour l'achever & il ne le re-
trouve plus.

Nous avons dit que Dom Cristanval
étoit observé à vue par un Détachement
commandé pour sa garde ; ce Corps de
troupes dès le commencement de la bataille avoit été enlevé par les Anglais ,
& le fils de Dom Pédre , par ce moyen ,
avoit été mis en liberté. Son dessein aussi
bien qu'avoit été celui de Dom Pédre ,
fut d'en profiter pour combattre le Roi.
Il le cherchoit par-tout , & avant que
d'arriver jusqu'à lui , il avoit été obligé
de soutenir plusieurs combats ; ce qui
avoit différé jusques-là qu'il eût pu le
rencontrer,

Il arriva, par le hazard le plus heureux pour les Anglais, que ce jeune He-
ros arrivoit dans le moment qu'on enle-
voit fon Ennemi, & qu'on lui ménageoit
une retraite ; il fond fur les Efpagnols qui
efcortoient fa marche, & les oblige à s'arrêter, & à livrer un nouveau Combat.

La Bataille qui avoit été fufpendue,
comme on a dit, par la rencontre des
Chefs, étoit recommencée dès qu'ils
avoient été féparés. La confufion étoit
extrême ; Dom Pédre alloit & venoit
pour preffer la Victoire, & foupiroit en
fecret d'avoir manqué la belle occafion
de fe venger du Tyran ; mais quel eft
fon tranfport de joie ; il furvient dans
le temps que fon Fils tente mille efforts
pour percer un bataillon qui le couvre
de fes armes ; il le reconnoît. Il juge
de la vérité de cette défenfe opiniâtre ;
il jette un cri qui glace d'horreur l'ennemi étonné & qui attire à lui les Anglais ; il entre dans le bataillon, renverfe tout ce qui s'opofe à fon paffage ;
le Roi d'Efpagne veut encore faire un
dernier effort, lever un fabre impuif-
fant, il tombe de fa main. La perte de
fon fang lui a enlevé le refte de fes forces ; il veut jetter un cri & il fe laiffe
tomber de foibleffe.

Dom Pédre & toute l'Armée le crut mort. Cette nouvelle qui se répandit dans un instant, décida de la Victoire. Les Espagnols demandérent quartier, & par l'ordre du Général il leur fut accordé ; ils furent faits prisonniers de guerre, & le reste de la journée & de la nuit suivante fut employé à donner les ordres convenables dans une aussi importante occasion.

Le lendemain sur le midi, l'Armée se mit en marche & fut reprendre toutes les Villes conquises par les Espagnols. Pour Dom Pédre & son Fils, ils la quittérent après avoir nommé un Général, leur présence n'étant plus nécessaire. Ils prirent avec les prisonniers le chemin de Londres. Le Roi d'Espagne, qui n'étoit pas mort, étoit porté sur un brancard, & suivi d'une Garde choisie, à la tête de laquelle Dom Cristanval avoit été commandé. Ce Prince, qui ne doutoit pas qu'on ne lui eût réservé la vie que pour la lui faire perdre ignominieusement, tentoit à tous momens tous les moyens possibles pour se l'arracher ; & sans des soins extrêmes, les Anglais n'eussent pas eu la gloire de le voir entrer dans leur Ville tout vivant.

Les habitans de la Ville de Londres

n'eurent par plutôt apris la fameuse Victoire que Dom Pédre avoit remportée ,
& que leur ennemi cruel leur étoit ame-
né , qu'ils se laissérent aller à des transports de joie prodigieux. Ils déclarérent
à la Chambre des Milords , qui s'étoit
assemblée pour délibérer sur cette importante nouvelle, qu'ils prétendoient que
le Général fut proclamé Roi , & qu'il
épousât leur Reine , qui devoit remet-
tre le pouvoir Souverain à la fin de l'année. En vain les Pairs assemblés voulu-
rent-ils remontrer au Peuple que dans
une affaire de cette importance , il falloit convoquer les Etats Généraux , &
qu'ils ne pouvoient ôter au Royaume
assemblé par ces Députés , le droit de
se choisir un Souverain ; les Anglais dé-
cidés ne voulurent entrer dans aucune
de ces considérations : ils firent connoître leur volonté par une rumeur si dangereuse , que la Chambre des Milords
fut obligée de leur accorder leur demande.

Dom Pédre fut déclaré Roi , son fils
Général , & la Reine, prête à être dé-
possédée , Reine perpétuelle. Ensuite de
cette proclamation qui fut générale, on
décerna au nouveau Roi l'honneur du
Triomphe , & on fit des préparatifs pour
son entrée, d'une magnificence si grande ,

que la tradition ne faifoit point mention qu'il y en eût jamais eu qui pût lui être comparée.

CHAPITRE XXVII.

LA Reine reçut avec étonnement la nouvelle de l'élévation de Dom Pédre au Trône , moins par le regret de lui voir occuper un rang que fa valeur extraordinaire lui avoit mérité , que par la condition à laquelle il y montoit. Elle voulut fe plaindre qu'on difpofât de fa main fans fon confentement ; mais fes remontrances ne fervirent de rien. La Chambre des Milords lui repréfenta que fes refus étoient capables de caufer une fédition générale , & que loin de laiffer entrevoir fa répugnance pour ce maria-ge , elle devoit paroître l'envifager avec joie , à moins qu'elle ne voulût jetter l'Angleterre dans la révolte & dans la dé-folation.

La Princeffe gémit en fecret de cette cruelle néceffité ; peut-être eût-elle moins murmuré fi la décifion publique l'eût unie au jeune Criftanval. Elle avoit des fen-timens d'eftime & d'amitié pour Dom Pédre , qui ne lui donnoient aucune répugance pour sa personne ; mais elle avoit de l'amour pour son Fils , & ce goût secret , toujours caché le plus soigneusement , la jettoit dans une mélancolie que toute sa politique pouvoit à peine chacher. Ajoutez à ce que nous venons de dire une autre inquiétude d'esprit dont elle ignoroit le principe ; c'étoit en vain qu'elle vouloit le pénétrer, toutes les fois que le nom de Dom Pédre & celui de son Fils étoit prononcé , elle ressentoit une agitation secrete dont elle n'étoit pas la maîtresse , & elle avoit été dans cette situation dès le premier instant qu'ils avoient paru en sa présence.

Dom Pédre ne fut pas long-tems sans être informé de ce que venoient de faire les Anglais en sa faveur ; la Chambre des Milords & celle des Communes lui avoit envoyé des Députés pour le lui apprendre , pour le reconnoître pour Roi , & pour lui offrir les premiers hommages. L'ambition qui posséde assez ordinairement les grandes ames , lui fit ressentir de la joie à ces flateuses nouvelles : il n'avoit refusé , avant son départ de Londres , la même proposition , que parce qu'il ne vouloit pas ôter à la Reine une Couronne qu'elle portoit si dignement , & qu'il ne s'en croyoit pas encore assez digne ; mais pour lors les

chofes avoient pris une face toute op-
pofée, il devenoit Roi fans qu'il en
coûtât une Couronne à la Reine. Il
penfoit l'avoir méritée ; en la refufant,
il ne la confervoit pas à cette grande
Princeffe. Selon les Loix elle en alloit
être dépouillée ; d'ailleurs on pouvoit
mettre à fa place un rival qui, jaloux
de la concurrence, feroit peut-être devenu fon ennemi. Il avoit un Fils auquel il falloit affurer un état : il n'avoit
aucun bien en fond ; tout le fien avoit
été confifqué en Efpagne : l'occafion étoit
la plus favorable ; la manquer par des
confidérations d'un héroïfme déplacé, n'é-
toit-ce pas fe rendre indigne des faveurs
de la Fortune, n'avoit-il pas affez fouffert,
n'avoit il pas affez fait pour les mériter ?

Les Députés attendoient avec une impatience extrême que le Général fe décidât ; il étoit tombé dans une profonde
rêverie après les avoir écoutés, c'eft qu'il
méditoit folidement fur les confidérations
que l'on vient d'ébaucher. Ils trembloient
qu'il ne perféverât dans fes premiers refus : mais quels furent leurs tranfports
& leur joye, lorfque Dom Pédre les remercia de leur zèle, & qu'il leur aprit
qu'il travailleroit le refte de fa vie à mériter les faveurs infignes qu'il recevoit

d'une Nation qu'il avoit toujours aimée,
& pour la gloire de laquelle il verseroit
jusqu'à la derniére goute de sang : cette réponse fut suivie d'un cri général.

En consequence de leurs ordres, les
Députés de la Chambre des Milords pré-
sentérent la Couronne, & ceux de la
Chambre des Communes la lui mirent
sur la tête. Il reçut ensuite leur serment
& celui de toutes les troupes qui l'environnoient. Cette publication se fit au
nom de toute l'Angleterre, & avant
huit jours elle fut suivie de la confirma-
tion de tout le Royaume.

Dom Cristanval qui, à la premiere
nouvelle de ce qui venoit de se passer,
avoit été accablé comme d'un coup de
foudre, parce qu'il se voyoit privé de
l'espoir d'être un jour uni à la Reine,
lorsqu'elle seroit redevenue une particu-
liére comme lui, & qui eût pu être favorable à ses vœux, s'il eût été assez
heureux de lui faire partager son penchant
secret, ressentit que ce qu'il devoit à
son auguste Pere, lui défendoit de penser de sa vie à son amour malheureux.
Après la cérémonie du Couronnement à
laquelle il assista avec tout le respect d'un
Fils, il se retira en secret accompagné d'un
Gentilhomme qu'il avoit chargé de faire

préparer des chevaux pour la nuit pro-
chaine , pendant laquelle il fortit du
Camp fans avoir fait part de fon deffein à perfonne.

Le lendemain , le nouveau Roi , ne
l'ayant point vu à fon lever , fe perfua-
da qu'il étoit incommodé des fatigues paf-
fées ; & comme il étoit accablé de mille
affaires différentes , il n'y fit attention
qu'au momment qu'il continua fa rou-
te : alors l'inquiétude le prit , il le fit chercher par-tout & fut dans un étonnement
extraordinaire , lorfqu'on lui apprit qu'il
ne fe trouvoit nulle part.

Il arriva à Londres avec une mélancolie que fa politique eut bien de la peine à furmonter. Il avoit défendu , pour
que rien ne troublât la joie des Peuples ,
qu'on ne parlât point de cette difparution
extraordinaire , & dont il ne comprenoit
point la caufe. Il s'étoit propofé , après les
premiers jours de fon inftalation au Trône ,
de donner de fi bons ordres qu'il aprendroit
ce qu'étoit devenu un Fils fi cher , & cette
idée contribua beaucoup à le tranquilifer ;
afin même de ne pas donner lieu à aucunes conjectures fâcheufes , il fut le premier à publier qu'il avoit donné des ordres fecrets à Dom Criftanval pour des affaires qu'il avoit en Efpagne , & qu'il feroit

de retour en Angleterre incessamment.

Si nous rapportions la magnifique réception qui fut faite au nouveau Roi, nous nous engagerions dans un détail, qui, quelque brillant qu'il pourroit être, nous éloigneroit trop des faits importans qui sont à la veille d'arriver. Nous nous contenterons de dire que le zèle des Anglais se surpassa dans cette occasion ; le Roi d'Espagne fut attaché au char du Vainqueur , & rendit son entrée, aussi extraordinaire que triomphante.

Après les premières acclamations du Peuple, le Roi fut conduit sur une Tribune où l'attendoit la Reine. Là les Ministres de la Religion les unirent l'un & l'autre par des liens indissolubles : Dom Pédre frémit , sans en deviner le principe , en épousant la Reine , & cette Princesse après avoir prononcé le oui fatal , changea de couleur & tomba en foiblesse.

Cet accident consterna un moment l'Assemblée des Milords & du Peuple : mais la Reine ayant repris ses sens par les prompts secours qu'on lui donna , rendit bientôt la joie que cet événement avoit troublé. La journée se passa dans les fêtes les plus solemnelles & les Anglais se livrérent à tous les plaisirs qu'ils croyoient convenables dans une journée aussi célébre , & qui

leur

leur promettoit l'avenir le plus doux.

Le nouveau Roi, après avoir dîné avec la Reine en public, se rendit dans son cabinet avec les Principaux de la Chambre des Milords pour délibérer de ce qu'on feroit du Roi d'Espagne. Dom Pédre fit connoître dans cette occasion toute la grandeur de son ame & de sa politique; après que chacun eut proposé son sentiment, dont le plus général étoit de faire périr publiquement ce coupable Prince, le nouveau Roi déclara que, dans le tems qu'il étoit particulier, il lui avoit été permis de poursuivre ses vengeances, & de se défaire d'un Roi auquel il devoit tous les malheurs qu'il avoit essuyés; mais qu'étant Roi, il devoit penser autrement, & faire servir l'événement présent au bien de son Etat; qu'en cette considération, il croyoit convenable de se conduire dans cette occurrence délicate de maniére que toute l'Angleterre s'en ressentît; il déduisit ses moyens, & décida qu'il falloit profiter de cette favorable occasion pour enrichir ses Peuples, en faisant payer aux Espagnols une forte rançon, pour la liberté de leur Roi, & en les rendant pour toujours tributaires de la Nation. Afin même

III. Part. F

d’aſſurer le paiement du tribut, il ajouta que les Eſpagnols donneroient leurs meilleures fortereſſes pour nantiſſement , & que par-là l’Angleterre ſe trouveroit maîtreſſe de les punir, en cas qu’ils vouluſſent manquer à leur Traité , & ſecouer un joug qu’ils ſe ſeroient fait impoſer juſtement.

Après cette déciſion, qui fut autant aplaudie qu’admirée , les ordres furent donnés pour que le priſonnier fut traité avec tous les égards dûs à ſon rang ſuprême : ce Prince fut ſi étonné des traitemens honorables qu’on lui fit , & auſquels il n’avoit pas lieu de s’attendre, après tous les crimes dont il ſe reconnoiſſoit coupable envers le nouveau Roi, qu’ils ne contribuérent pas peu à le mettre dans la ſituation d’eſprit où on le déſiroit pour amener les choſes au point qu’on les avoit concertées.

CHAPITRE XXVIII.

CEpendant la Reine avoit beau tâcher de ſurmonter la triſteſſe qui la dévoroit, elle ſe trouva dans une agitation qui lui faiſoit enviſager la conſommation de son mariage comme le comble de ses malheurs : elle attribua l'inquiétude qu'elle en ressentoit au penchant qu'elle avoit pour le Fils de son Epoux : cette idée l'humilia ; son devoir, qui ne s'étoit jamais démenti, lui fit un crime de cet amour secret : & pour s'en punir, elle résolut de prendre si fort sur la raison, que son Epoux ne s'apercevroit en aucune façon du trouble qui l'accabloit.

Elle affecta, dans cet esprit, pendant le reste du jour, une tranquillité aparente, dont elle étoit bien éloignée, & parut au repas du soir avec quelque sorte de satisfaction. Dom Pédre, dont la situation avoit été sujette à tant d'événemens, n'avoit jamais songé à l'amour depuis la perte de l'infortunée Princesse Emilie. Se trouvant pour lors dégagé de mille soins, dont il avoit été accablé jusques-là, il ne put sans émotion envisager une Reine dont la beauté avoit tant fait soupirer d'amans ; il la regarda avec une telle complaisance pendant le souper, qu'elle fit revivre en lui des désirs qui s'étoient évanouis de son cœur depuis longtems. Il n'en fut pas plutôt échauffé, que ses yeux s'attendrirent en faveur de l'objet qui les faisoit naître ; il se pen-

cha vers l'oreille de fa nouvelle Epoufe ;
& lui tint les propos que l'amour naiffant
infpire de plus tendre & de plus flateur.
Si fes difcours ne touchérent point la
Reine , du moins furent-ils écoutés avec
déférence. Nous avons dit que Dom Pédre étoit parfaitement eftimé , & l'eftime a cela de particulier qu'elle prévient
toujours favorablement.

Le fouper étant fini , les nouveaux
Epoux affiftérent à un fuperbe feu d'artifice qui fut tiré devant le Palais. Après
cette Fête , la Reine fut conduite dans
fon apartement par fes femmes , & elle
fe mit à fa toilette ; vingt fois fes yeux
voulurent fe mouiller de pleurs ; elle eut
toujours la fermeté de les dévorer ; qu'auroit penfé le Public , qu'auroit penfé le
Roi même ; étoit-ce là le prix de tant
d'actions glorieufes ; pendant que l'Angleterre en étoit pénétrée , pendant que
tout le Royaume fe prêtoit à l'envi pour
le reconnoître , devoit-elle lui refufer un
tribut fi juftement acquis ?

Elle étoit plongée dans ces triftes réflexions, lorfque le Roi lui fut annoncé ;
elle frémit ; mais elle fut encore la maî-
treffe de l'aller recevoir. Dom Pédre ref-
fentit de fon côté un mouvement inquiet ,
qu'il écarta fur le champ , pour fe livrer

aux douceurs qu'il étoit prêt à goûter. O
Ciel ! que n'eſt-il poſſible que le voile ſous
lequel ces Epoux vont être livrés entre les
bras d'Hymen ſoit à jamais baiſſé ! Sans les
connoiſſances fatales que nous allons mettre au jour , nous ne rentrerions pas dans
l'abyme affreux des malheurs qui vont ſuivre , & dont le court intervalle ne ſemble
avoir été ſuſpendu , que pour faire ſentir
avec plus d'énergie toute l'horreur de la
plus terrible deſtinée.

A peine fut-il jour , que Dom Pédre voulut ſe lever , & paſſer dans ſon cabinet pour
travailler aux affaires du Royaume. Avant
de quitter une Epouſe adorable dont la poſ-
ſeſſion le rendoit le plus heureux des hommes , il voulut la conſidérer un moment.
Mais quelle fut ſa ſurpriſe , il la trouva froide & ſans ſentiment ; ſoit que l'ame de cette divine Princeſſe eut pénétré l'événement affreux qui la menaçoit , ou que la
violence qu'elle s'étoit faite le jour qu'elle
avoit appris ſon ſort , l'eût accablée , elle
s'étoit évanouie. Le Roi fort effrayé de la
trouver en cet état , ouvrit avec précipitation les rideaux du lit pour lui donner de
l'air & pour la ſecourir. Mais , ô ſurpriſe fatale , funeſte , affreuſe , le ſein de la Princeſſe eſt découvert ; il reconnoît un ſigne
qu'il ne peut méconnoître & qu'il a vu mil-

le fois : il voit enfin un masque parfaitement imprimé sur la poitrine de la Princesse évanouie ; c'est le même que sa Fille avoit apporté au monde en naissant. O Ciel injuste, cruel, s'écria-t'il en se jettant sur son épée, c'est donc avec mon propre sang que j'ai habité, c'est donc-là ce que tu me destinois ? Quoi ! j'ai été si long-tems sans le pénétrer. En proférant ces mots, Dom Pédre se perce de deux coups mortels & tombe sur le corps de son Epouse infortunée.

La chaleur du sang du malheureux Dom Pédre fit revenir la Reine : elle jetta un cri horrible, en reconnoissant son Epoux, & le voyant prêt d'expirer, & ce cri eut la puissance de conserver encore pendant quelques instans la funeste vie de ce malheureux Roi. Elle apprit par les plaintes qu'il proféra dans ses derniers transports, la cause de cet événement & de son désespoir : elle n'eut pas lieu d'en douter, en se rappellant l'Isle déserte d'ou elle avoit été enlevée par les Sauvages. Cette fatale & trop certaine connoissance la replongea dans l'état d'où elle sortoit, & quand elle ouvrit les yeux pour la seconde fois, le malheureux Dom Pédre les avoit fermés pour jamais.

F I N.